家族に売られた薬草聖女のもふもふスローライフ

2

author あろえ

Kazoku ni urareta yakusou seijo no mofumofu slow life.

家族に売られた薬草聖女のもふもふスローライフ
2
author あろえ
illust.ゆーにっと

「そ、そんなにですか？
いったいどうして……」
レーネ

エイミー
「国内で薬草栽培を営む人は、急激に減少しているの。
今では他国のものを輸入しないと流通が滞るくらいよ。
慢性的な薬草不足ね」

マノン
「奥方、お待たせ」

「マノンさん、まだこんな
奥の手を隠して
いたんですね……！」

Contents

Kazoku ni urareta yakusou seijo no mofumofu slow life.

第一章 ✦ ヒールライトと怪しげな獣人

ベールヌイの地に寒気が押し寄せ、ヒンヤリと冷たい風が顔に吹き付ける明け方。

公爵家の屋敷でヒールライトと呼ばれる薬草を育てる私――レーネ・ベールヌイは、今日も元気に魔法で水やりをしていた。

「最近は冷え込んでるから、魔力は多めにしておくね」

手元に作り上げた水球を上空に飛ばして、パァーンッと破裂させると、魔力のこもった水が雨のように降《ふ》り注《そそ》ぐ。

朝一番の水を浴びる薬草たちは、嬉《うれ》しそうにガサガサッと揺れていた。

こうして亡くなったおばあちゃんに教えてもらった方法で、私は薬草と心を通わせて、栽培を続けている。

実家にいた時はうまくできなかったけど、ベールヌイの地に移住してからは、立派なヒールライトを育てることができていた。

その証拠と言わんばかりに、薬草たちは金色に輝く魔力を放っている。

「みんな本当に嬉しそうに揺れてくれているよね。あの頃と比べると、嘘《うそ》みたいに綺麗《きれい》な光景だなー……」

金色に輝く魔力が浮遊する幻想的な光景を眺めていると、ベールヌイ家に嫁《とつ》ぐ前のことを思い出す。

薬草栽培を生業にするアーネスト家を追い出された私は、亡くなったおばあちゃんから受け継いだ薬草を栽培するため、この地を訪れた。

植物学士と薬師の資格を持っていたとはいえ、薬草を栽培することしか能がなかったので、覚悟を決めてやってきたのだが……。

冷遇されることはなく、逆に優遇されて、温かく迎え入れてもらっている。

これには、いろいろな出来事が重なった影響が大きいだろう。

ベールヌイの地はもともと獣人国で独自の文化を築いていたり、おばあちゃんが聖女と呼ばれるほど活躍していたり、ヒールライトの栽培が求められていたり。

当時はみすぼらしいほど痩せていた私に対して、とても友好的な態度を取ってくれる人ばかりだった。

旦那さまを料理人の方だと勘違いしたハプニングもあったけど、今では家族の一員として、みんなと一緒に過ごせている。

まだ公爵夫人として何もできていないから、この恩は必ず返したい。

そんなことを考えていると、私の専属侍女であるライオンの獣人、マノンさんがやってきた。

彼女が手に持つ暖かそうなコートを、私の肩に優しくかけてくれる。

「奥方、明け方はとても冷え込む。この時間帯だけでも、暖かい服を羽織った方がいい」

「ありがとうございます。でも、すぐに屋敷に戻りますから、心配しなくても大丈夫ですよ」

「ダメ。風邪を引いたら大変。薬草栽培ができなくなったら、薬草も困る」

「それもそうですね。では、ありがたく羽織らせていただきます」

こうして気遣ってくれる人ばかりなので、ベールヌイ家は居心地がいい。

公爵夫人として歩み出した第二の人生は、とても幸せなものになっていた。

それは、栽培者の心が反映される特殊な薬草、ヒールライトも同じこと。この地で本来の姿を取り戻した彼らも、伸び伸びと過ごしている。

ベールヌイの地に住む人々のために、そのヒールライトを普及させて恩を返すと心に決めているが、現実はそううまくいかない。

ガサガサッ　ガサッ　ガサガサッ

ヒールライトを株分けしすぎた影響もあって、聞き分けのよかった薬草たちが随分と我《わ》が儘《まま》になってしまったのだ。

もっと水が飲めるよ、褒めて褒めて～！　と言わんばかりに揺れている。

その光景を見たマノンさんは、キョトンッとした表情を浮かべていた。

「奥方、今日は一段と薬草の動きが激しい。また増やした？」

「自分で管理できる量を見極めるためにも、少しずつ株分けしているんですよ。栽培者の力量以上に数を増やすと喧嘩《けんか》しやすくなるので、これくらいが限界みたいですね」

街に貢献したい気持ちはあっても、薬草が瘴気《しょうき》を生み出す恐れがあるため、慎重に栽培しなければならない。

薬効成分を得られるように、目の前に広がる薬草たちをしっかり育てて、少しずつ領内に卸していくつもりだ。

そんなことを考えていると、マノンさんがムッとした表情で薬草を見つめた。

「喧嘩《けんか》はダメ。大人しくしないと、奥方の代わりに吠えるぞ。がおーっ」

両手を曲げて襲い掛かるようなポーズを取ったマノンさんは、薬草たちを威嚇し始めた。

その瞬間、ピタッと薬草たちは動きを止める。

「すまない、奥方。ついついライオンの威厳が出て、薬草たちを驚かせてしまったようだ」

満足げなマノンさんには悪いが、たぶん、薬草たちは話しかけられたことに戸惑っているだけだと思う。

マノンさんを観察するようにジーッとしているし、怯《おび》えている様子は見られない。

薬草たちは、ポカーンッとしている、という言葉がピッタリだった。

一方、ライオンの威厳が出たと信じてやまないマノンさんは、どや顔をしている。

まだまだ子供の彼女に対して、事実を伝える勇気は持たないので、話題を変えることにした。

「外で過ごす時間が長いと、さすがに冷えてきますね」

「やっぱり防寒具は必要。もうそろそろ朝ごはんだから、今日は早めに行こう」

「そうしましょうか。今日のメニューはなんでしょうかね」

マノンさんと一緒に薬草菜園を後にした私は、すぐに頭の中が食事のことで埋め尽くされてしまう。

ベールヌイ家に嫁いできてから、毎日の朝ごはんが楽しみで仕方ない。

この屋敷に住む獣人たちも同じみたいで、ごはんの時間帯になると、みんなが勢いよく飛び起きていた。


そんな人たちが集まる食堂に訪れると、マノンさんといったん別れて、私はいつもの席に着く。

一足先に食事を始めているヤギや羊のおっとりした獣人の侍女と、二千歳を超える長寿の薬師、亀爺さまと一緒だ。

そこに朝ごはんを届けてくれたのは、私の旦那さまであり、当主でもあるマーベリック・ベールヌイ公爵、通称リクさんだった。

「今朝《けさ》は一段と冷える。温かいうちに食べてくれ」

彼は体の中に眠る魔獣の血が暴走すると、もふもふした魔獣に変身する厄介な体質をしている。

今は煎じたヒールライトを飲むことで症状が緩和されているが、まだ治ったとは言えないような状態だった。

そんなリクさんから受け取った今日の朝ごはんは、ボリュームのあるベーコンエッグマフィンとカボチャのポタージュである。

新鮮なレタスの上に、鮮やかな色合いの卵とカリカリに焼いたベーコンが載せられていて、食欲をそそる。そこに添えられたアツアツのポタージュを見れば、最高の朝ごはんだと思った。

はぁ～、私はなんて贅沢な生活しているんだろうか……。

温かいごはんが食べられるだけでも嬉しいのに、こんなにも豪華なものを用意されたら、頬《ほお》を緩めずにはいられない。

「いただきまーす」

食欲に支配されてしまった私は、勢いよくマフィンにかぶりつく。

モッチリとしたマフィンと玉子が濃厚な味わいを出しつつも、シャキッとしたレタスでサッパリとして、おいしい。カリカリとしたベーコンが良いアクセントになって、肉の旨味《うまみ》が合わさり、満足感をプラスしてくれていた。

「はぁ～、朝から幸せですね。寒い朝でも飛び起きたくなるおいしさですよ」

「そこまで大袈裟なのは、レーネくらいだぞ」

ちょっぴり照れたリクさんが否定するが、そんなことはない。珍しく亀爺さまがパクパクと食べているので、とてもおいしい料理なんだと思う。

「して、ワシの朝ごはんはまだかのぉ？」

それはもう、食べたはずの朝ごはんをとぼけた顔で要求してしまうほどである。

「亀爺さま。口元を拭き忘れていますよ」

「しもた！　……して、ワシの朝ごはんはまだかのぉ？」

ナプキンで口元を拭いた後、もう一度朝ごはんをねだる亀爺さまを余所《よそ》に、私はカボチャのポタージュを口にした。

口の中に入った瞬間、カボチャの深い味わいが舌に押し寄せると共に、豊かな香りが鼻に抜けていく。

この旨味がギュッと閉じこもったような野菜は――。

「スイート野菜のカボチャですね。甘みや香りもいいですが、後味がサッパリとしていておいしいです」

街の裏山で領民たちと一緒に栽培しているスイート野菜。それは魔力を用いて育てられたもので、青臭さが甘みに変換され、おいしい野菜を実らせてくれる。

敏感すぎる獣人たちの舌を唸《うな》らせるためにも、今やベールヌイ家では欠かせない食材となっていた。

そして、このカボチャのポタージュに関しては、おそらくリクさんが作ったものではない。

裏庭でスイート野菜を収穫している時に何度かいただいた味にそっくりなので、マノンさんが開発したものだろう。

ササッとやってきたマノンさんが、リクさんに対抗するように胸を張っているので、間違いない。

「やはりライオンこそが王者。リクを料理人の地位から落とす日も近い」

「マノンにはまだ早いだろ。いや、俺《おれ》は当主だがな」

どうにもライオンのプライドが刺激されたみたいで、マノンさんはリクさんの地位を奪おうとしているみたいだ。

家臣を料理で労《ねぎら》う文化があるこの地では、おいしい料理を作れることが、上に立つ者の絶対条件となっている。

それゆえにライオンの獣人であるマノンさんは、料理人の地位を奪い、成り上がろうとしているに違いない。

まるで、因縁のライバルと出会ったかのように、がおーっと睨《にら》みを利《き》かせるマノンさんだが……。

当主の地位ではなく、料理人の地位を狙《ねら》うあたり、たぶんよくわかっていないと思う。

個人的には、朝ごはんのメニューに抜擢されたことを褒めてあげたい気持ちでいっぱいだった。

このままリクさんとマノンさんの料理バトルが始まるのかと思いきや、意外な形で戦いの幕が閉じる。

なんと、リクさんが朝ごはんのベーコンエッグマフィンをマノンさんに渡すと、あっさりと手を引いたのだ。

お腹《なか》が空いていたのは間違いなく、席に座ってお行儀よく食べ始めるマノンさんは、すぐに頬がだらしなく緩んでしまう。

とても幸せそうな笑みを見せているので、彼女がリクさんに勝つ日は、まだまだ先のことだと悟った。

そんな何気ない日常を過ごしているように思えるが、ベールヌイ家の食卓は、こんなに落ち着いた雰囲気ではない。

「今日は朝の肉争奪戦をやらないんですね」

毎朝、用意された肉を好きなだけ奪い合う肉食系獣人たちが、大人しくベーコンエッグマフィンを食べているのだから。

いつもはもっとワイワイガヤガヤと賑やかなので、こんなに落ち着いた朝ごはんの光景を眺めるのは、違和感があった。

「本当は大量の肉を出してやりたいんだが、少し状況が変わっていてな。街の近くまでやってくる魔物が減少しているため、食料の確保が難しくなる恐れがあるんだ。その影響が顕著に現れる前に、一時的に中断している」

「なるほど。平和なのは喜ばしいことですが、食欲旺盛なみなさんは困りますね」

ベールヌイの地は危険な魔の森と隣接していることもあり、魔物の被害が多い地域だ。その分、魔物の肉や素材を資源に変換することができるので、豊かな地域とも言い換えられる。

その一方で、魔物の生態は制御できないという問題を抱えているため、早い段階で対応するようにしているんだろう。

私は安全な方が嬉しいけどなーと安堵《あんど》するが、リクさんは難しそうな顔をしていた。

「どちらかと言えば、こういう場合は危険の前触れだ。突出した魔物が群れを作り、勢力を広げている時に起こりやすい。今、ジャックスが偵察部隊を連れて様子を見に行っているが、どうなることやら……」

リクさんがため息をこぼすと同時に、左目に傷跡が残る牛の獣人、ジャックスさんが険しい表情で食堂にやってくる。

「ダンナ、悪い知らせだ。ミノタウロスが住み処を作って、繁殖してやがった」

「やっぱりか……」

ジャックスさんの報告を聞いて、深刻な状況だと判断したリクさんは、腕を組んで考え込んでしまう。

二人の会話を聞く限り、状況はあまり良くないらしい。しかし、平和な地域で育った私には、簡単な状況説明だけではうまく理解できなかった。

そのため、恐る恐る手を挙げてみると、ジャックスさんと視線が重なる。

「あの～、ミノタウロスというのはなんでしょうか？」

「俺に似た牛の化け物だな。獰猛《どうもう》で気性が荒い分、群れを作られると厄介な魔物だ」

「実物を見ないと明確にイメージできませんが……。凶暴になったジャックスさんが分身したと考えたら、わかりやすいのかもしれませんね」

「言っておくが、ミノタウロスは俺よりも図体がでけえぜ。顔の怖さだけは、俺が勝っているかもしれないがな」

顔の怖さに自信があるのはどうかと思うけど、悠長《ゆうちょう》なことを言っている場合ではない。

ジャックスさんよりも大きい魔物となれば、二メートルは優に超える牛の化け物だ。

それが繁殖していると思うだけでも、背筋がゾッとしてしまう。

「魔物の被害が多い地域だと聞いていましたが、大変なことになりましたね。まさかそんな危険な魔物が住み着いてしまうなんて」

「嬢ちゃんが心配することはねえよ。それに、俺はミノタウロスが危険だなんて、一言も言ってねえぜ」

ジャックスさんの言葉に疑問を持った私は、周囲を見渡してみる。すると、朝ごはんの肉争奪戦ができなかった獣人たちが目をギラギラさせて、不敵な笑みをこぼしていた。

これで肉にありつけるぜ、と言わんばかりに、彼らは涎《よだれ》を垂らしている。

「ダンナが親玉を押さえてくれれば、あっという間に食糧庫がパンパンになるだけさ。だが、今回は肝心のダンナの方に問題がある」

「ああー……魔獣化の件ですね」

ヒールライトの魔力が魔獣の血を抑えているとはいえ、どこまで効果があるのかは、まだ詳しくわかっていない。何日も遠征に出かければ、魔獣の血が再び暴走してもおかしくないだろう。

あくまで魔獣化の治療を終えたわけではなく、魔獣化の症状を抑えているだけなのだから。

リクさんも同じ考えなのか、自分の両手を見つめて、不安そうな表情を浮かべていた。

「今のところ問題はない。だが、戦闘で興奮状態に陥《おちい》った場合、どうなるかは別の話だ。魔獣化の暴走も視野に入れるべきだな」

用心するに越したことはないけど、本人がわからないのであれば、どうすることもできない。

ただ、魔獣化の暴走が近くなると毛並みが変わるみたいなので、私はリクさんの尻尾《しっぽ》を調べてみることにした。

「もう少し自分の体を知る時間が欲しかったな」

「毛並み的には大丈夫そうですけどね」

肌触りの良い銀色の毛がもふもふしているだけで、魔獣化した時に見られる金色の毛は見えない。

現状としては、魔獣の血はだいぶ落ち着いているような気がするけど……、油断は禁物だ。

「屋敷の裏庭にヒールライトが栽培されている影響も大きいんだろう。この屋敷で生活している間は、魔獣の血が落ち着くようになった気がする」

「そうですか。一応、遠征に乾燥したヒールライトを持って行かれますか？　お湯に溶かして飲めば、多少なりとも効果はあると思います」

「頼む。魔獣の血が暴走する可能性は少しでも減らしておきたい」

「わかりました。では、一週間ほど時間をください。ヒールライトを厳選して、傷《いた》まないように乾燥させておきます」

リクさんがしっかりと頷《うなず》く姿を見て、私は食堂を後にする。

「ミノタウロスの力を増大させてしまうが、魔獣化が暴走した方が被害は大きい。討伐に向かうのは、一週間後だ。各自、それまでに万全の準備をしておけ」

このまま平和な時間が続いてほしいと思いながら。

＊＊＊

薬草菜園にたどり着いた私は、立派に育ったいくつものヒールライトを見て、頭を悩ませていた。

「リクさんの魔獣化を抑える目的で薬草を使うなら、純粋に魔力量だけで選んでもいいのかな……」

薬草の選別というのは、意外に難しい。同じ品種であったとしても、成長に差が生まれるため、薬用成分や魔力量が変化するから。

特にヒールライトは、それぞれ性質……というか、性格が異なっているので、有効なものを選別することが困難だった。

葉に魔力を集めて陽《ひ》の光を多く取り入れようとするもの、茎に魔力を集めて背を高くしようとするもの、根に魔力を集めて水をいっぱい欲しがるもの。

薬草も自我を持って生きているため、どういう薬草になりたいのか、自分で考えながら成長しているんだと思う。

その結果、立派に育ってくれるなら、栽培者としては嬉しい気持ちでいっぱいなんだけど……。

ガサガサガサッ

私が心の声を漏《も》らしたこともあって、薬草菜園のあちこちで、魔力量に自信のある薬草たちが揺れていた。

薬草たちの希望通りに摘み取り、リクさんの魔獣化を抑えてもらいたい気持ちはあるが、持ち運ぶにも限度がある。

どれほど効果が得られるのかもわからないため、必要以上に摘み取るつもりはなかった。

万が一、リクさんの魔獣化が暴走した際には、傷薬として使用することも考えなければならない。

ミノタウロスとの戦いでも負傷者が出ると思うから、慎重に精査するべきだ。

でも、せっかく立候補してくれた魔力自慢の薬草たちの気持ちにも応《こた》えてあげたい。

魔獣化を抑えることに特化した薬草を選別する術を持たないので、この中から選ばせてもらうとしよう。

意欲的な薬草の方が、魔獣の血をしっかりと抑えてくれるだろう。

「じゃあ、私が魔力量を比べて、上から順番に摘み取るね。選ばれなかったとしても、文句は言わないこと。それでもいい？　後で怒ったり落ち込んだりしないでね」

ガサガサガサッ

私の出した条件に納得してくれた薬草たちは、とても協力的だった。

立候補した薬草は背筋をピンッと伸ばし、辞退した薬草は背を丸めてくれている。

本来であれば、こうして薬草同士が競い合うことはなく、友好的な関係を築くことが多い。同じエリアで栽培されるものとして、互いに尊重し合うのだ。

しかし、栽培する薬草を増やしすぎたことで、その弊害が出てしまっている。

きっと薬草たちは、今よりも栽培量が増えると、私では管理できなくなると考えているんだろう。

その結果、自分の構ってもらえる時間がなくなると不安になり、自己主張が激しくなっているだけに違いない。

実家で栽培していた時みたいに『土が硬い』や『水が多い』などと、ブーブー文句を言ってこない分、可愛《かわい》らしい問題ではあるが……。

穏やかな性格の薬草がいることを考えれば、あまりこうした争いを頻繁にさせるわけにはいかなかった。

栽培者に対する不満が増幅したり、他の薬草にそれが伝染したりする恐れがあるため、ここで食い止める必要がある。

「ここで私がしっかり対応しないと、今後の栽培に影響しかねない。植物学士の腕の見せどころだ。よしっ、頑張って厳選するぞっ」

気合を入れた瞬間、薬草たちにも思いが伝わったのか、一段と凛々《りり》しくなったような気がした。

たった二本の薬草を除いて、ではあるが。

ガサガサガサッ　ガサガサガサッ

運が悪く魔力自慢が隣り合っている薬草があり、『俺の方が魔力量が上だ』『いーや、俺だね』と言わんばかりに葉を揺らし、互いに張り合っている。

どっちも魔力量が多いのは認めるけど、こういう行動を取られると、両方摘み取ることが難しくなってしまう。

凛《りん》と背筋を伸ばす他の薬草たちに示しがつかないし、いっぱいアピールしたら選ばれると誤解されるわけにはいかなかった。

大人しくしてくれていたら、どちらも選びたかったところだけに、心苦しいけど……。

「うーん、魔力量だけで言えば、ギリギリこっちの勝ちかな」

魔力量が勝っていた方を摘み取ると、選ばれなかった薬草は、ツーンッとそっぽを向いてしまう。

「コラッ。上から順番に摘み取る約束でしょう？　拗《す》ねちゃダメだよ」

ビシッと注意すると、そっぽを向いた薬草がしゅんっと萎《しお》れたので、反省してくれたことだろう。

甘やかして育てるばかりが、薬草栽培ではない。立派なヒールライトに育てるためには、薬草との約束は守らなければならなかった。

それが植物学士としての成長に繋《つな》がると、おばあちゃんに教えてもらったから。

他の薬草たちが騒ぎ立てる様子もないので、これでよかったんだと思う。引き続き、魔力自慢の薬草たちを厳選していこう。

「魔獣化を抑える大事な役目だから、選ばれる子たちは頑張ってね」

気持ちを切り替えた私が厳選作業を進めていると、ヒールライトのことが気になっていたのか、屋敷の方から亀爺さまが近づいてくる。

「奥さまは薬草と仲がよろしいですな」

こうして薬草たちと対話する姿を見られるのは、普通の人だととても恥ずかしい。でも、亀爺さまは特別だ。

おばあちゃんと同じような風格があるので、ついつい心が和《なご》んで、受け入れてしまう。

「薬草たちと仲良くなれたのは、まだまだ最近のことだと思いますよ。この地で栽培を始めるまでは、彼らに好かれているとは思えませんでしたから」

「そのようなことはありますまい。栽培者を幸せにしたいと願わぬ限り、ヒールライトは金色の魔力を生成しないと言われておるんじゃ。一日や二日で絆《きずな》ができるほど、ヒールライトは甘くありませんぞ」

初めて聞くヒールライトの情報と亀爺さまの洞察眼に、私は驚きを隠せなかった。

長寿なだけあって、記憶がある亀爺さまはとても頼りがいがある。

でも、どうしておばあちゃんの栽培日誌にも書かれていなかったことまで、亀爺さまが知っているんだろう。

「亀爺さまは、ヒールライトにお詳しいんですね」

「二千年も生きておれば、薬草を育てることはできんでも、いろいろと話を聞かせてもらえるもんじゃよ。特にアーネスト家の人々は、優しい人ばかりでよく覚えておるよ」

「なるほど。私の顔を見て、すぐにアーネスト家の人間だとわかったのも、そういう理由でしたか。昔からベールヌイ家とアーネスト家は、深い交流があったんですね」

「奥さまはご先祖様にそっくりだからのう。こうして話しておると、この国を建国した時のことを思い出すもんじゃよ」

亀爺さまは懐かしむように笑みを浮かべて、薬草畑を眺めているが……。

建国した時となれば、千年以上も前の話なので、気が遠くなるほど昔のことだ。

古い記憶を呼び覚ますついでに、魔獣化を治療する薬のレシピも思い出してくれると、とてもありがたい。

しかし、二千歳を越えるほど長寿であるため、都合よく記憶が蘇《よみがえ》るはずもなかった。

「あの頃は開放的な国が多く、魔族や竜人族とも交流があってのう。争いが絶えない時代じゃった。ワシも若い頃は、魔族とよく喧嘩したもんじゃよ」

亀爺さまが喧嘩……？　今だと温厚なイメージしかないけど、若い頃は活発に動き回っていたのかもしれない。

「いろんな種族と共に過ごしたが、未《いま》だに忘れられん光景がある。ヒールライトがあたり一面に咲き誇り、金色の魔力が虹のようにかかっておったんじゃ。それはそれは神々《こうごう》しくて、まさに絶景という言葉がピッタリでのう……」

昔のことを話す亀爺さまは、とても嬉しそうだった。

きっと素敵な思い出として、心の中に鮮明に残っているんだろう。

最近の出来事は忘れがちな亀爺さまだけど、老いにも負けない思い出があるというのは、とても素敵なことだと思った。

こういう話に付き合うのは悪くない。おばあちゃんから受け継ぐことができなかった薬草の歴史を知れる機会でもあるし、単純に聞いていて面白《おもしろ》かった。

「あたり一面にヒールライトが咲き誇っている光景、か……。私もそんな光景を見てみたいですね」

「奥さまならできるやもしれませんな。こうして元気な薬草を育てておられますからのう」

まだまだうまく栽培することができなくて、先ほども薬草を叱《しか》ったばかりの私は、少し気まずかった。

でも、これから植物学士の力をもっと身に付けていけば、きっといつかは――。

「不思議ですね。亀爺さまに言われると、なんだか本当にできそうな気がしてきました」

「大したことは言うておらんよ。ここまで綺麗なヒールライトを見せてもらうのも、本当に久しぶりなんじゃ」

そう言って亀爺さまが薬草菜園を褒めてくれるのは、とても嬉しい。私もヒールライトを立派に育てられて、自分に自信を持ち始めている。

ヒールライトを育てる植物学士として、ようやく一人前になれた気がしたから。

ただ、亀爺さまの話には一つだけ疑問があった。

この土地は、昔おばあちゃんが管理していた場所であり、聖女と呼ばれるほど活躍したと聞く。

それなら、当時の裏庭で同じような光景を見ていたんじゃないだろうか。

「一つだけ質問なんですが、五十年前、おばあちゃんがこの地で薬草を栽培していましたよね。その時はこういう光景じゃなかったんですか？」

「あの時は急であったからのう。ヒールライトではなく、ヒールグリーンの種を持ち込み、栽培してくれたんじゃよ」

ヒールグリーン、か。同じヒール種の中でも栽培しやすく、切り傷や打撲に効果的な薬草だ。

きっと当時の現場の情報を聞いて、おばあちゃんはヒールグリーンを育てるべきだと判断したんだろう。

「怪我《けが》人が続出していて、薬草の量が必要だと知っていたから、栽培しやすいものを植えたんですね。非常事態に的確な対応したと考えたら、とても良い対応だと思います」

口で言うのは簡単だが、栽培者の心が反映されやすいヒール種の特性を考えれば、状況に応じて栽培するのは難しい。

ましてや、初めて訪れた土地で多くの薬草を栽培するなんて、至難の業《わざ》だった。

私がおばあちゃんみたいな植物学士になるのは、まだまだ遠い道のりなのかもしれない。

「ヒールグリーンの薬草たちも、それはそれで綺麗な光景じゃったが、奥さまの薬草菜園も負けておりませんぞ」

「……ありがとうございます」

亀爺さまのフォローを聞いて、私はおばあちゃんと比較することをやめる。

私も薬草をいっぱい育てられるようになったし、スイート野菜も栽培しているんだから、もっと自信を持とう。

そう気持ちを切り替えて、薬草の厳選作業に戻るのだった。

＊＊＊

厳選したヒールライトを天日干しした後、私はマノンさんに連れられて、スイート野菜を栽培している裏山を訪れていた。

そこには、少し変わった光景が映し出されている。

「ぐぬぬ……。クソッ、抜けん。これが噂の勇者だけが抜けると言われた伝説の剣か」

「どれどれ、俺にもやらせろ……って大根じゃねえか！」

野菜畑も少し拡大して、新しく大根とニンジンを栽培している。それらが早くも収穫できるまで育ち、領民たちがワイワイと盛り上がっていた。

本当なら、植物学士として監修する私が収穫のタイミングを判断して、指示を出さなければならない。

でも、できる限り農家の経験がある領民たちに任せている。

明らかに間違っている光景が目に入ってこない限り、声をかけるつもりはなかった。

「おーい、大根の収穫はまた今度でいい。今日はニンジンの収穫を手伝ってくれ」

自分たちの手でスイート野菜を栽培する経験なんて、滅多にない。少しでも多くの領民が、栽培に興味を持って取り組んでほしかった。

もちろん、栽培を失敗させるつもりはなく、大事な水やりの仕事は私がこなしているけど。

領民たちがニンジンを掘りに行った姿を見送った後、私は大根の畑を確認する。

立派な大根がチラホラと見えているものの、まだ数本しか熟していない。もう少し土の中で寝かしておいた方がおいしくなるだろう。

一方、ニンジンはいくつも熟していて、収穫できるものが多かった。

大勢の領民たちが収穫作業に取り組み、街に運んでも傷がつかないように、丁寧に箱詰めしている。

少し中身を確認させてもらうと、川の水で汚れを落としたばかりのスイートニンジンがたくさん入っていた。

芯《しん》に向かうほど鮮やかなオレンジ色になるスイートニンジンは、見た目が綺麗なだけでなく、甘みがグンッと強くなっている。

そのため、早くもつまみ食いに走る領民たちから、絶大な支持を得ていた。

「このニンジン、すりおろしただけでジュースになっちまうぜ」

「栄養満点で喉《のど》ごしも最高かよ」

「子供に好かれる野菜部門第一位になれる素質があるな」

話を盛りすぎな気もするが、一概に大袈裟とは言えない。スイートニンジンから作るキャロットジュースは、フルーツジュースにも負けないほど甘く、貴族にも根強い人気を持っているのだ。

よって、収穫したばかりのニンジンを川で洗い、その場ですりおろしたキャロットジュースは、最高に贅沢《ぜいたく》なものである。

思わず、敏感な舌を持つマノンさんも虜《とりこ》になり、領民たちからキャロットジュースをご馳走になっていた。

「つまみ食いできる量は多くない。大切に飲まないと」

当たり前のことだが、ベールヌイ公爵家で領民たちを雇っている以上、スイート野菜の栽培は仕事である。

大事な商品をつまみ食いするなんて、本当はやってはいけないことだ。普通に考えたら、子供でもわかるだろう。

しかし、自分の育てた野菜がどんな味をするのか、領民たちにも知ってもらいたい。貴族が食べる高価な野菜として取引されている以上、つまみ食いを容認しないと、みんなに食べてもらえないような状態だった。

その結果、管理者である私が積極的につまみ食いをするように勧めているのだから、おかしな話である。

これで領民たちのモチベーションが高まり、スイート野菜をいっぱい栽培してくれれば、とてもありがたい。みんなには悪いけど、期待させてもらうとしよう。

そして、同じくらい期待しているのは、マノンさんの料理である。

「カボチャプリンに対抗して、ニンジンプリン……。いや、ニンジンポタージュは……」

チビチビとキャロットジュースを飲み続けるマノンさんには、カボチャのポタージュに続く新しい料理の開発をお願いしたかった。

これから本格的に寒い時期を迎えることを考慮したら、体が温まるシチューを作っていただけると、個人的には嬉しい。スイート野菜をたっぷりと使ったシチューなんて、最高に贅沢な料理になるだろう。

そんなものがメニューとして提示されれば、リクさんも対抗せざるを得ないはず。

彼がどんな料理で対抗してくるか、それもまた楽しみなのであった。


みんながワイワイと盛り上がる中、新作料理のことを考える私は、スイート野菜たちに水やりをしていく。

栽培する野菜の数が増えれば、水やりにムラができて、枯れたり腐ったりしやすい。野菜だけでなく、地面の様子も見ながら巡回して、野菜畑の状態を確認していた。

すると、途中で腕を組んで悩む領民に呼び止められる。

「お嬢、このニンジンだけ様子がおかしくねえか？　さっきから妙に揺れているんだが」

そう言われて見てみると、葉をユサユサと上下に揺らし、リズミカルに踊っているニンジンがいた。

ニンジンが踊っているという表現も変な気がするけど、文字通り踊っているのだから、仕方ない。

「このニンジンはとても機嫌がいいみたいですね。大勢の人がワイワイしているのが楽しいんでしょう」

「ほお、そういうもんなのか。意外に庶民的なタイプなんだな」

領民たちにスイート野菜の詳しい説明をしていないため、変な誤解が生まれているが……。

貴族が食べる高価な野菜というだけで、スイート野菜は普通の野菜とあまり変わらない。栽培方法の違いも、魔力のこもった水で栽培するだけだ。

まあ、魔力を豊富に宿していない限り、こうやって野菜が自立して動くことはないけど。

「こういう子はすぐに収穫せず、しばらく楽しませておいた方がいいですね。他の野菜たちにも良さを伝えてくれるので、良い影響を生みやすいんです」

「口コミみてえなもんか」

「人間社会で例えると、そういう認識で大丈夫かと」

今までスイート野菜を育ててきたこともあり、領民たちの受け入れは早い。しかし、裏山の警備に訪れていたジャックスさんは違う。

先ほどの話を聞いていたみたいで、眉間《みけん》にシワを寄せながら、額に手を添えて近づいてきた。

「毎度のことながら、スイート野菜の理解に苦しむぜ。まさか野菜が自立して動くとはな……」

「魔力が豊富に含まれていると、それを消費して動かせるようになるみたいですよ。彼らも生きていますからね」

ただ、スイート野菜であれば、必ず動くという話でもない。こうした行動は、滅多に見られるものではなかった。

きっと領民たちが精を出して栽培しているから、このニンジンも応えてくれたんだと思う。

「野菜が魔力を消費したら、味が落ちるんじゃねえのか？」

「魔力量で味が決まるわけではありません。どちらかと言えば、機嫌が良くなった分、甘み成分を強く分泌するみたいで、おいしくなる傾向にありますね」

「暴《あば》れまわる野生動物の肉は旨い、みたいなもんか。……いや、納得できねえな。余計にわからなくなっちまった」

ジャックスさんを含めた騎士のみなさんは、野菜畑の警備がメインなので、まだまだスイート野菜のことが理解できていないみたいだ。

植物が自立して動くことはない、という常識に囚《とら》われ、現実を受け入れることができていない。

そんなジャックスさんの姿を見て、機嫌の良いニンジンがからかうように『イエーイ！』と、ガサガサガサッと葉を揺らし始めた。

リアクションの違う人たちがいっぱいいるため、スイート野菜も楽しんでいるんだろう。

この栽培スタイルは、スイート野菜たちにとって、思っている以上に良い環境を作り出しているのかもしれない。

「今回も豊作になりそうですね。このニンジンは、獣人の舌を唸らせると思いますよ」

「そいつは楽しみだが……、頭が痛くなってきた。俺は先に休憩させてもらうとするぜ」

いつまでも現実を受け入れることができないジャックスさんは、お手上げだと言わんばかりに、機嫌の良いニンジンに背を向ける。

私も区切りが良いところだったので、ジャックスさんと一緒に休憩を取ることにした。

「嬢ちゃん。随分と畑を広くしたように思うが、大丈夫なのか？」

「これくらいなら大丈夫ですね。領民の皆さんも慣れてきた頃でしょうし、頼りにさせてもらおうと思います」

今日の領民たちの仕事ぶりを見ていても、大きな問題があるようには思えない。逆にもう少し畑を広くしても対応してくれそうなほど余裕があった。

しかし、急激に仕事を増やしてしまうと、みんなの負担になりかねない。大事な領民に体を酷使させるわけにはいかないので、みんなの意見も聞きながら、慎重に拡大していくつもりだ。

今回のスイートニンジンの収穫を見ても、良い結果が出ていると思う。

どちらかといえば、スイート野菜や薬草の心配よりも、私は遠征に向かうリクさんたちの方が心配だった。

「今朝の話の続きなんですけど、ミノタウロスの方は大丈夫なんですか？」

「心配しなくても、何か月も放置しない限り、このあたりまで来やしねえよ。なんだかんだでうちの縄張りは広いし、獣人には獣の力を宿す『獣化』のスキルがある。まあ、万が一のことが起こったら、嬢ちゃんの薬草を頼らせてもらうぜ」

「用意しておきますが、万が一なんてない方がいいです。予《あらかじ》め危険度が高いとわかっているのであれば、私も傷薬を作るお手伝いをした方がいいですかね？」

「亀爺が作り方を忘れない限り、嬢ちゃんが薬師として働くことはねえよ。魔物が住み処を作るなんて、ここでは日常的な出来事だ。すぐに討伐を終えて帰ってくるさ」

平然とした表情で言うジャックスさんにとっては、本当に日常的な出来事なのかもしれない。

しかし、私にとっては、今まで経験したことがない非日常的な出来事であり、不安な気持ちで胸がいっぱいだった。

ベールヌイ家の屋敷でみんなと過ごす平穏な日々が崩れていく気がして、怖くて仕方ない。

これまで戦い抜いてきたジャックスさんたちを信じていないわけではないが、呑気《のんき》な気持ちで待っていられるほど肝《きも》が据わっていなかった。

特に心配なのは、料理を作るイメージが強いリクさんだ。

魔物が蔓延《はびこ》る戦地に向かい、無事に戻ってこられるのか、どうしても気になってしまう。

最悪の場合、魔獣化したら生きて帰ってこれそうな気はするけど、それだとジャックスさんたちが危険な状況に追い込まれるだけだ。

ベールヌイ家の当主であるリクさんが、家臣を置いて逃げ出すのも問題がある。

何か他に良い方法があればいいんだけど……と思っていると、ジャックスさんに鼻で笑われてしまった。

「そんなにダンナのことが心配か？」

「えっ‼　いや、みなさんのことを心配しておりますが！」

「嬢ちゃんは顔に出るからわかりやすい。隠せるとは思わない方がいいぜ」

必死に誤魔化《ごまか》したつもりだったのに、すべてお見通しだと言わんばかりに、ジャックスさんが微笑んでいた。

思わず、ポロッと愚痴をこぼしてしまう。

「今まで誰《だれ》かを待つことなんてなかったので、落ち着かないんですよね」

おばあちゃんが亡くなってから、薬草と苦楽を共にしてきた私には、親しい人がいなかった。

何年も一人で生きてきただけに、この地でようやくできた『家族』という繋がりを失いたくなくて、心が落ち着かないんだろう。

危険な場所に向かうという情報が耳に入るだけでも、動揺する気持ちを隠すことができていなかった。

「残念だが、この地に住む限り、嫌でもこういう機会は増えてくる。慣れるのもどうかと思うが、心配しても仕方ねえよ」

「それはそうかもしれませんが……」

「少なくとも、魔獣の血を色濃く受け継いだダンナが死ぬことはねえよ。それは断言してやっても構わない。嬢ちゃんの身近な獣人で死ぬ奴《やつ》がいるとしたら、暴走したダンナを最初に押さえ込む俺だな」

心配させないように気遣ってくれているのか、ジャックスさんは笑みを作り、冗談っぽく言ってくれた。

しかし、それが紛れもない事実なんだと、彼の目に残る傷跡が物語っている。

「寂《さび》しいことを言わないでください」

「嬢ちゃんには理解できねえかもしれねえが、それが獣人の誇りってやつだ。人が死ぬ宿命を変えられねえのなら、意味のある形で死を選ぶ方が救われるってもんよ」

名誉の死を選ぶよりも、生きて帰ってきてほしいと思うのは、人族ゆえの感情なんだろうか。

もしかしたら、せっかくできた家族の繋がりを断ち切りたくないと思う私のエゴの可能性もある。

もちろん、ジャックスさんも死にたいと願っているわけではないと、理解はできる。

死の道を選んでも成し遂げなければならないことがあるだけだ。

これは種族による価値観の違いなのかもしれないけど、私は彼の言い分を素直に受け入れることができなかった。

「ジャックスさんが寿命をまっとうできるように、ヒールライトを頑張って育てることにします」

「そこは、ダンナの魔獣化を抑えるために、の間違いじゃねえのか?」

「どっちもです。他にもできることがあればいいんですけどね」

薬草を栽培することが、リクさんや騎士の皆さんの大きな手助けとなることくらいは、よく理解しているつもりだ。

でも、私の生活の一部に薬草管理の仕事があるため、何もせずに待っているような状態とあまり変わらなかった。

遠征に同行しても迷惑をかけるだけだし……と思っていると、何かを閃《ひらめ》いたのか、ジャックスさんがポンッと手を叩《たた》く。

「じゃあ、ダンナに何かプレゼントを作ってみたらどうだ?」

「プレゼントを、作る……?」

「ああ。戦場に向かう時、無事に生きて帰ってこられるようにと、大切なものを持ち込む者が多い。一種のゲン担《かつ》ぎのようなものだな」

なるほど。死ぬかもしれないからこそ、生きたいと思えるようなものを持ち込み、必死に戦うのか。

明確に生きて帰ろうと思えることで、生存率が高まるのかもしれない。

……いきなりそんな難度の高いことを言われても、私に作れるかどうかは別の話だけど。

「ちなみに、ジャックスさんは戦場に何か持っていくんですか？」

「ああ、俺は孫の作ったどんぐり袋入れだ。今はどんぐりブームが来ているんだとよ」

そう言ったジャックスさんは、懐《ふところ》から小さな袋を取り出した。

すでに袋がパンパンになっているので、どんぐりを採取した後らしい。ミノタウロスが繁殖していなかったら、お孫さんと会う予定があったのかもしれない。

どちらにしても、ジャックスさんに生きて帰ってくる意志があるとわかり、私はちょっぴり安心した。

「お孫さんがいらっしゃったんですね。そういったものを大切にするのは、ジャックスさんらしいと思います」

「そうか？　これを見せると、だいたい笑われちまうぜ」

「平穏な日常を感じられていいじゃないですか。お孫さんを可愛がるジャックスさんの姿が目に浮かびます」

「まあ、孫なんてそういうもんだ。違う街に住んでいることもあって、あまり会う機会は多くないが、その分、余計に可愛がりたくなっちまうぜ」

嬉しそうに話すジャックスさんを見ていると、リクさんにプレゼントを贈る案は、とても素敵なアイデアだと実感した。

旦那さまを支える公爵夫人としての役割のような気がするし、いつもお世話になっている分、想《おも》いを形にして送りたい気持ちもある。

ただ、そこには大きな問題が生じていた。

「ジャックスさんのアイデアはとても良いと思うんですが、一つだけ問題があります」

「なんだ？」

「私が作ったものを渡したところで、リクさんが喜ぶかどうかは別の話だということです」

まだまだ友達みたいな距離感だし、私はリクさんの好みを知らない。

公爵夫人という立場であったとしても、恋愛イベントなんてほとんど起きていないので、プレゼントを渡しても微妙な空気が流れそうな気がした。

しかし、ジャックスさんの考えは違うみたいで、余裕の表情を浮かべている。

「嬢ちゃん。ダンナの尻尾《しっぽ》を平然とした顔で触っていた時点で、その問題は解決しているぜ」

「えっ？　どうしてですか？」

「一概には言えないが、獣人の尻尾の毛づくろいは、一種の求愛行動に分類される。ダンナが何食わぬ顔で受け入れていた時点で、確認するまでもないってことよ」

「……本気で言ってます？」

「本気だぜ。そんなしょうもない嘘をつく年齢だと思うか？」

「思いませんね」

朝ごはんの最中、無意識でリクさんに求愛していたという事実を聞かされた私は、思わず顔を赤くしてしまう。

みんなが見ている前で、そんな大胆な行動を取っていたとは思わなかった。

リクさんが平然とした顔で受け入れてくれたという事実が、また一段と恥ずかしい。

……リクさんが喜んでくれるなら、何かプレゼントになりそうなものを作ってみようかな。

「ちょっと考えてみます」

「あまり焦《あせ》らないことだな。今回の遠征に間に合わせる必要はない」

「わかりました」

ジャックスさんのアドバイスを聞いて、私は自分に何ができるのかを考える。

植物学士として生きてきた自分が、妻として何ができるのかを。

＊＊＊

裏山の作業が終わり、マノンさんと一緒にベールヌイ家の屋敷に戻ってくると、突然、私は侍女たちの熱烈な歓迎を受けた。

いつもと違う対応に混乱するのも束の間、協力者だったマノンさんにガシッと腕を掴まれ、屋敷の中に連れ込まれていく。

にこやかな笑みを浮かべる侍女たちは、とても怪しい。逃げられないように囲んでくるあたり、平穏なベールヌイ家では珍しい光景だった。

そんな侍女たちと一緒に歩き進めて訪れた場所は、なぜか私の部屋である。

なんでこんなに仰々《ぎょうぎょう》しいんだろう、と疑問を抱きながら部屋に入ると、予想だにしない状況に陥ってしまう。

「今から体のサイズを測る。奥方、バンザイ」

まさかの身体測定が始まってしまったのだ！

一瞬、食べすぎて着られる服がなくなったのか……と思うものの、どうやらそうではないらしい。

侍女たちが嬉しそうにドレスのパンフレットを見ているので、今日はそれを作る準備をするため、体のサイズを測りたかったんだろう。

これまで金銭的な負担をかけたくないと思い、高価なドレスやアクセサリーの購入を避けてきた。

しかし、断り続けるのも申し訳なくて、マノンさんと特注ドレスを作る約束をしていたのだ。

その結果、今日こそドレスを作ると言わんばかりに闘志を燃やす侍女たちによって、追い込まれている。

マノンさんに腕を摑まれていたのも、侍女たちに包囲されていたのも、事前に打ち合わせて対処したに違いない。

ミノタウロスの問題が発生した今となっては、呑気なことをしている場合ではないと思うが……。

そういう時だからこそ、みんなも気遣ってくれたんだと思う。

今日は覚悟を決めて、ドレスを発注するしかなさそうだった。

まあ、金額が気になるだけで、ドレスを作ることはとても嬉しいんだけどね。

「まさかこんなイベントがあるとは思いませんでした。特注でドレスを作ろうとしたら、体のサイズを測定するところから始めるんですね……」

「特注だから仕方ない。はい、バンザイ」

マノンさんの誘導に従い、スーッと両手を上げて、メジャーで測定してもらう。

何の反応をすることもなく、ササッとサイズをメモしてくれるのは、本当にありがたい。いくら部屋に侍女しかいないとはいえ、それだけは絶対に知られたくないことだった。

私がガリガリに痩せこけていたのは、もう過去の話。今となっては、リクさんの料理でブクブクと育ち、お腹周りがフニフニとしている。

薄々気づいていたけど、ちょっと太りすぎたかもしれない。このサイズでドレスを作るなら、今の体型を頑張ってキープしよう。

だって、リクさんのおいしい料理を前にして、ダイエットなんてできるはずがないのだから！

私は花より団子だと、ちゃんと自分で理解している。悪あがきしても同じなら、最初から堂々としていた方が――。

「奥方、お腹を凹ませないで」

「……すみません」

ちょっぴり往生際《おうじょうぎわ》が悪かった私は、マノンさんに怒られて、体の緊張を解く。

ありのままの数字を知られてしまうのは、やっぱり恥ずかしかった。

でも、こうして正しい数字をメモされた以上、無駄な抵抗をしていても仕方ない。せっかく特注でドレスを作ってもらうんだから、素敵なデザインで仕上げてもらおう。

一足先にパンフレットを見る侍女たちも、今はどういうものが流行しているのか、興味津々の様子だった。

「背中に大きなリボンがあるといいよね～」

「フリルが多いのもいいよね～」

「ミニスカートもいいよね～」

彼女たちも特注ドレスを作るのは初めてみたいで、楽しそうにしている。

その中で誰よりもやる気に満ちていたのは、体のサイズを測定してくれたマノンさんだった。

「今は体のラインを見せるセクシー系が流行っている。スカートは短め、スリットを入れるとポイントが高い」

右手でグッと握《にぎ》り拳《こぶし》を作ったマノンさんは、力強く言い放った。

彼女はいったいどこでそんな情報を得たんだろう。街の至るところで買い食いしているみたいだから、意外に情報網が広いのかもしれない。

ただ、問題があるとすれば、マノンさんの情報は最新のトレンドであり、リクさんの好みじゃないところにある。

私とリクさんはまだ夫婦になったばかりで、互いのことをよく理解していない。だからこそ、こういうところで歩み寄ることが大切なのだ。

しかし、二人とも自分のことを知られるのが恥ずかしくて、好みを探り合うという変な状況に陥っている。

なかなか夫婦の仲に進展が見られない中で、体のラインを見せるという大胆な行動はできなかった。

ましてや、私がそんなことをしたら、無駄な贅肉がドレスに乗っかるという大事件が勃発してしまう。

侍女たちに期待の眼差《まなざ》しを向けられたとしても、絶対に受け入れることはできない！

「胸元《むなもと》開けちゃう〜？」

「背中見せちゃう〜？」

「おへそ出しちゃう〜？」

次々にセクシーなデザインを提案され、私は思わずお腹を押さえる。

マノンさんまで説得するように温かい眼差しを向けてくるけど、これだけは受け入れられないことだった。

「大丈夫。奥方はお腹を出せるタイプ。ドレスを着る一週間前から食事制限をかければ、超スリムに見える」

「絶対に無理ですね。ごはんの誘惑に勝てる気がしません」

「うん、そうだった。へそ出しは諦《あきら》めよう」

さすがは私の専属侍女、ものわかりがいい。食い意地を張っている者同士、通じ合うものがあったみたいだ。

じゃあ、特注ドレスはどうするのか……と聞かれたら、何も言えなくなってしまうけど。

リクさんの好みはわからないし、聞いても教えてくれそうにない。流行しているものを作るのが無難だと思うけど、大胆なものは避けたいし、肌の露出も極力抑えたかった。

無難なものを作るのであれば、わざわざ特注にする意味がないし……と考えていると、マノンさんがドレスのパンフレットを閉じる。

「せっかく特注でドレスを作るんだから、奥方の好みに合わせた方がいいかもしれない」

私の好みに合わせてもらえるのは嬉しいが、ドレスを着るようなイベントは、周りの目を気にしなければならない。

ベールヌイ家の公爵夫人として相応《ふさわ》しい格好をする必要があるので、私は侍女のみんなと意見をすり合わせるべきだと考えていた。

しかし、マノンさんの意見に反対する人は見当たらない。

とにかくみんなでドレスを作ることが嬉しそうで、納得するように頷いている。

「流行はすぐに変わるもんね～」

「体形もすぐに変わるもんね～」

「着たいものを着た方がいいもんね～」

気遣ってくれたわけではなく、本当にみんながそう言ってくれているような気がしたので、今回はお言葉に甘えさせていただくとしよう。

それに個人的な好みでよければ、大人っぽいドレスに一つだけ思い当たる節があるから。

「昔、おばあちゃんに読んでもらった絵本があるんですけど、そこに出てくるお姫さまが着ていたドレスを再現してみたいです」

子供みたいことを言っている自覚はある。でも、小さい頃に憧《あこが》れを抱いたドレスを着られるようになったら、とても素敵な思い出が作れそうな気がした。

「奥方が憧れていたドレスなら、申し分ないと思う。今回の特注ドレスのデザインは、それでいこう」

「ありがとうございます。でも、記憶が曖昧《あいまい》で絵本のタイトルを覚えていないんですよね。ドレスの雰囲気はなんとなく覚えているんですけど」

「それなら大丈夫だと思う。奥方にドレスの見た目を聞いて、イラストにする。思い出せないところは、みんなで考えればいい」

マノンさんがそう口にすると、侍女たちはサッと紙とペンを用意して、イラストを描く準備をしてくれた。

あくまでドレスのパンフレットは参考にするだけで、最初からデザインしてくれる予定だったんだろう。

目をキラキラと輝かせて、私が言葉を口にするのを、今か今かと待ってくれていた。

記憶が曖昧だから、思い出補正が入ってしまうかもしれないけど……。

「鎖骨周りはオープンで少し恥ずかしいんですが、胸元は見えないように生地で覆《おお》われています。

スカートにはフリルがついているだけではなく、外側はレース素材になっていて……」

思い浮かぶ限りの情報を伝えるだけでも、侍女たちのペンがスラスラと進んでいった。

普段はおっとりしているのに、絵を描く早さとデザインセンスがすごい。捉《とら》え方も三者三様で、素敵なデザインがどんどんと描かれていく。

せっかくだから、全部着てみたいなー……などとは、思っていても決して口にしてはならない。

そんなことを聞けば、マノンさんが本当にすべて発注して、ドレスを仕立ててしまうだろう。

いきなり特注ドレスを何着も仕立てるなんて、私の貧弱な心が持ちそうになかった。

次々に侍女たちがデザインを起こしてくれる中、どれも捨てがたいなーと思いながら眺めていると、共通して改善してほしい部分が見つかる。

「ヒールは履《は》かない方向でできませんか？」

今まで薬草栽培をしてきた私にとって、山登りや長距離移動は困難なことではない。しかし、ヒールの高い靴を履《は》いてバランスを取ることの方が難しかった。

公爵夫人としては、ヒールの高い靴を履いて、女性らしさをアピールするべきだろう。でも、ドレスを着る機会が少ないのであれば、無理に頑張る必要はないと思っていた。

前回、初めてパーティーに参加した時も、ローヒールの靴を選んでいる。

薬草栽培で柔らかい土の上ばかり歩いている私には、オシャレな靴を履くタイミングがなく、今後も植物学士として活動する以上、無縁なものだった。

納得してくれた侍女たちがデザインを修正しようとする中、なぜか真剣な表情でマノンさんが妨害する。

「奥方。ヒールの高い靴を履いた方が、リクとの身長差は埋まると思う」

マノンさんの衝撃的な意見を聞かされ、私はハッとした。

リクさんの好みばかり意識していて、身長差を考慮していなかったのだ。

「でも、私はヒールの高い靴を履いたことがないんですよね。軽く練習するだけでも、歩けるようになるものなんでしょうか」

「慣れるまでは歩きにくいし、靴擦れが痛い。……らしい」

「そうですよね。侍女の仕事をしていたら、ヒールの高い靴を履く機会はありませんよね」

他の侍女たちも頷いているし、屋敷内をヒールで歩く人は見かけなかった。

そんな屋敷で一人だけヒールを履くのは、不安が残ってしまう。

でも、リクさんとの身長差を埋めるというメリットは大きい。

リクさんの隣を歩く時、物理的に顔の距離が近くなれば、今よりもっと女性と意識してもらえるはずだ。

女の武器の一つとして、ここは勇気を持ってヒールを採用しよう。

「わかりました。靴は高めのヒールにしましょう。……万が一の時に、ローヒールの靴も作ってもらっていいですか？」

自分の身体能力を考慮して、靴だけは二つ用意してもらうのであった。

＊＊＊

無事にドレスのデザインが決まり、今日も平穏な日常を終えようとしている夜のこと。

屋敷の裏庭に足を運んだ私は、地べたに腰を下ろし、一人で薬草菜園を眺めていた。

「リクさんに何をプレゼントしたらいいんだろう」

誰かにプレゼントを贈る、そんな経験をしたことがないので、とても頭を悩ませている。

一般的に貴族がプレゼントを贈る場合、花やアクセサリーが多いのだが……。

「花は枯れるし、アクセサリーもダメ、か」

さりげなくマノンさんに確認したところ、獣人はアクセサリーを身に付けない傾向にあるとわかった。

獣人の大きな耳にピアスは合わないし、ネックレスは首輪を付けられたと感じるみたいで、嫌悪感を抱いてしまうらしい。

指輪やブレスレットは料理の邪魔になりかねないので、プレゼントの選択肢からアクセサリーは除外することにした。

思い返せば、ジャックスさんが提案してくれた時も、私が何かを作って贈ることを前提としていた気がする。

思いやりの深い獣人たちにとっては、煌《きら》びやかなものよりも、純粋に想いのこもったものを贈った方がいいに違いない。

「でも、私は薬草以外の知識がないから、こういうことには向かないんだよね。せっかくなら、リクさんが欲しいと思うものを贈りたいんだけど……。どうしたらいいのかな」

立派な植物学士になることを目指していた私にとって、この問題を解決する方法がわからず、大きな悩みの種となっている。

私に貴族らしさや女子力があれば、頭を抱えることはなかったのかもしれないが……。

現実は、どちらも皆無なだけでなく、リクさんの方がそれらを持ち合わせている。

どちらかといえば、胃袋をつかむ側ではなく、つかまれた側だった。

「私が幸せに暮らすだけだと、夫婦とは言えないよね。リクさんにも幸せな気持ちを抱いてもらわないと」

ベールヌイ家に嫁いできて、薬草やスイート野菜の栽培を通して、リクさんの力にはなれている。でも、公爵夫人という立場である以上、もっと妻らしいことがしてあげたかった。

「おばあちゃんが生きている間に、薬草以外のことも聞いておくべきだったなー」

そんなことを考えながら薬草たちを眺めていると、不意に暗闇《くらやみ》から黒い獣人のような人が現れる。

頭に二本の黒い角を生やし、細身ながらも筋肉質の男性。鋭い目つきと黒髪が印象的で、とても顔立ちが整っていた。

不思議なことに、ここまで歩いてきたというより、急に現れたような印象を受ける。

嫁《とつ》いできて一か月以上も経《た》つのに、初めて顔を合わせた気がした。

「なんだ？　邪魔したか」

「い、いえ。どちら様でしょうか？」

「我の名はベリアル。そうだな、ベリーちゃん、とでも呼んでもらおうか」

「べ、ベリーちゃん……？」

「貴様の顔を見て、親しかった人族に付けてもらったあだ名を思い出したのだ。なかなか良いあだ名であろう？」

「は、はぁー……」

この独特な雰囲気、初対面だと断定しても間違いない。

ベールヌイの地に住む人々とは、見た目が似ているだけで、根本的に何かが違っているような印象だった。

「我を不審に思う必要はない。見事なヒールライトが咲いたと聞き、興味があって見学に来ただけのことだ」

「あっ！　ちょっと！　勝手に入らないで――」

「固いことを言うでない。ヒールライトを傷つけはせぬ。我の体には合わぬゆえにな」

めちゃくちゃ自分勝手な人だ……と思いつつも、彼の言葉に嘘はない。

ちゃんと足場を選んで歩いているし、ヒールライトが嫌がっているような様子も見られなかった。

いったいこの人はなんなんだろう。とても不思議な人だ。体を屈めてヒールライトをじっくり見

ているけど、決して触ろうとはしない。

「なかなかよく栽培しておるな」

「あ、ありがとうございます……」

「しかし、もう少し温厚な薬草にも気遣ってやれ。こやつは虫と遊びすぎて、茎を噛《か》まれておるぞ」

「えっ？」

栽培者の私でも知らないことを聞かされ、思わず駆けつけてみると――。

「た、確かに……」

葉の影になって隠れていた部分が、虫に食われていた。

自惚《うぬぼ》れるわけではないが、今この国でヒールライトを栽培できるのは、私しかいない。それなのに、たった数秒で薬草の状態を見抜き、忠告してくれるなんて……。

すっっっごい腕の良い植物学士の方、なのかな？

「薬草には痛覚が存在しないゆえ、過度に虫と戯れるものもおる。このまま放っておけば、栽培者に構ってもらえないと思い、ひねくれ始めるであろう」

ベリアルさんの言う通り、同じヒールライトという品種であっても、それぞれ性格は違う。構ってほしいとアピールするヒールライトもいれば、何も言えずに我慢しているヒールライトだっている。

この子は後者であり、私の栽培に不満を持っているけど、我慢するタイプの薬草だったのだ。

ベリアルさんの的確なアドバイスを聞く限り、彼が薬草に精通している方だと判断して、間違いない。

不審者っぽい印象を抱かせるけど、薬草に害を与える様子は一向に見られなかった。

「ちょっと栽培量を増やしすぎましたかね」

「金の魔力を保有できるのであれば、問題あるまい」

「そうですか、よかったです。でも、どうしてそんなに薬草に詳しいんですか？」

おばあちゃん並みに薬草の知識が豊富なベリアルさんを見て、思わず前のめりになって聞いてみる。

しかし、答えにくいことだったのか、ちょっぴり浮かない顔をしていた。

「思い出と共に記憶している。いつまでも色褪《いろあ》せてくれず、忘れられないのだ」

ヒールライトが金色に輝く頃を記憶しているのであれば、ベリアルさんは何歳になるんだろう。

亀爺さまの話を思い出す限り、この国ではかなり古い話に繋がるはずだ。

他国の情報までは知らないから、一概には言えないけど。

詳しい生い立ちは聞きにくいなーと思っていると、ベリアルさんはまた違うヒールライトの様子を確認し始めた。

「貴様の方は何を悩んでおったのだ？」

「べ、別になんでもないですよ」

「では、我がリクとやらに欲しいものを聞いておいてやろう」

「聞いてたんじゃないですか！　独り言を盗み聞きしないでくださいよ」

「ククククッ。聞こえてしまったものは、仕方ないであろう。話を広められたくなければ、早く詳しい事情を話せ」

興味津々なベリアルさんは、意外にこういう話が好きみたいで、ニヤニヤと不敵な笑みを浮かべていた。

とても口が堅そうな人には見えない。でも、話を広められるのは困る。

別にサプライズでプレゼントを贈りたいわけではないけど、この話がリクさんの耳に入ったら、断られるような気がしていた。

私に負担がかからないようにと、いつも気遣ってくれてばかりいるから。

そういった意味でも、今回はちゃんとプレゼントを贈りたい。よって、ベリアルさんに打ち明けるしか道はなかった。

「旦那さまが魔物と戦うために戦場に向かうので、何か作って贈りたいなーって考えていたんですよ」

「ふむふむ。なるほど」

「でも、何を贈ればいいのかわからないんです。今まで薬草栽培ばかりしていたから、そういうことに疎《うと》くて……」

「ほほぉ。つまり、その者が欲しいものや必要なものがわからなくて、困っておるのだな。うーむ……」

難しい顔で考え始めるベリアルさんに対して、私は複雑な感情を抱いている。

一緒に考えてくれることがありがたい反面、どうして私は出会ったばかりの人に相談しているのか、自分でもわからない。

他に相談できる人がいるのかと聞かれたら、頼りになりそうな人はいないと答えるけど。

領民たちや侍女たちに相談すれば、あっという間に噂が広がるだろうし、ジャックスさんは、私が作れば何でもいいと言う。マノンさんは肉一択だとわかりきっているので、こういった相談事には向かない。

交友関係の少ない私にとって、口が堅い人であれば、相談できる相手が増えるのは嬉しいことなのだが……。

そんなことを考えていると、ベリアルさんは何か良い案を思いついたみたいで、ポンッと両手を叩く。

「ヒールライトで護符を作るのはどうだ？」

「護符《ごふ》……。お守りのことですか？」

「そうだ。我の手助けがあれば、うまくいくであろう」

薬草で護符を作るなんて、見たことも聞いたこともない。

おばあちゃんの栽培日誌にも出てこなかったけど、本当に大丈夫なのかな。

「私の知る限り、薬草でお守りは作れませんよ」

「すべての材料をヒールライトで作るわけではない。先に布で護符を作り、そこにヒールライトの魔力を付与するのだ」

ベリアルさんの提案を受けて、私の心に希望の光が差し込み始める。

ヒールライトの魔力を付与すれば、リクさんの魔獣化も落ち着きやすくなるかもしれない。

無事に生きて帰ってくる可能性も高まるし、良いプレゼントになる気がした。

「その様子だと、決まりだな。これからはたまに足を運んで、我が護符の作り方を教えてやろう。感謝するといいぞ」

「えっ？　素敵な提案だと思いますが、急に決められても困ります。ベリアルさんがどこの誰かもわからな――」

「ベリーちゃんだ。我はそのあだ名を気に入っておるゆえ、そう呼ぶがいい」

「べ、ベリーちゃん……」

「そうだ。それでいい」

そんなに大事なあだ名なのかな。私の顔を見るまで、忘れていたはずなのに。

「では、護符を作る準備をしておくがいい。日を改めるとしよう」

「あっ、ちょっと！」

そう言ったベリーちゃんは、ヒールライトの魔力で照らされているにもかかわらず、スーッと暗闇に消えていった。

走り去ったわけでも、飛び去ったわけでもない。

暗闇に溶け込むようにして、忽然《こつぜん》と消えてしまったのだ。

「ベリーちゃん、いったい何者なんだろう。悪い人のようには思えなかったけど」

彼は獣人のようで獣人ではない、そんな気がしてならなかった。

第二章 ✦ 王都で人気のスイーツ店

天気の良い日が続き、天日干ししていたヒールライトがしっかりと乾燥する頃。

朝早くに起床した私は、薬草菜園にすり鉢とすりこぎを持ち運び、ヒールライトを粉末化する作業を行なっていた。

「ゆっくりするから、じっとしていてねー」

魔力が豊富なヒールライトは、薬に使ったり粉末化したりする時の扱いが難しい。くすぐったい、と言わんばかりに魔力で反発することがあるので、撫《な》でるように優しく接する必要があった。

「大丈夫だよー。くすぐったくないよー」

本来であれば、こういった仕事は亀爺さまの役目に当たる。しかし、今回は私がお願いする形で交代してもらっていた。

植物学士の資格と共に薬師の資格も取ったから、法律的には問題ない。

どちらかといえば、私の心の方が問題だった。

「しばらくはリクさんと会えないのか。なんだか変な感じだなー」

いよいよ明日から、リクさんたちが遠征に向かう。

その事実が受け入れがたくて、妙に心がソワソワしていた。

ベールヌイ領は危険だと聞いていたので、魔物を討伐するために家を離れるのは、仕方ないことだろう。

危険な魔の森に隣接するベールヌイ家の役割であり、当主の役目でもあるのだから。

しかし、実際にこういうことが起こると、気持ちの整理がつかなかった。

何週間も留守にするわけではないし、おばあちゃんみたいに一生会えなくなるわけでもない。それが頭でわかっていても、心が理解してくれることはなかった。

ちゃんと笑顔で送り出さないと、リクさんや騎士の皆さんに心配をかけてしまう。

私は公爵夫人なんだから、みんなに迷惑をかけないようにしっかりしないと……！

必死に自分に言い聞かせながら、乾燥したヒールライトを小さな袋に入れ替えて、トントントンッと優しく叩《たた》いていく。

ここまでヒールライトを小さくできれば、作業に支障をきたすほど反発してくるようなことはない。

でも、リクさんの暴走を抑えてくれる大事なものなので、魔力が壊れないように丁重に扱わなければならなかった。

「私の代わりに、みんなを守ってあげてね」

この作業を丁寧にすれば、みんなが無事に帰ってこられるようになるはず。

おばあちゃんから受け継いだ薬草なら、きっと魔獣化の暴走を防いでくれると思うから。

そう信じて作業を続けていると、リクさんがやってくる。

「朝ごはんの準備が整ったぞ。作業を切り上げてくれ」

「わかりました。ちなみに、今日の朝ごはんはなんですか？」

「肉まんとカボチャのプリンだ」

「むっ、珍しいですね。朝からデザートが出てくるなんて」

「まだまだスイート野菜の調理法がわからないからな。市販のものと扱い方が違う分、いろいろな料理に挑戦して、特徴を把握するようにしている」

商人が仕入れてくる未完熟のスイート野菜とは違い、裏山の野菜畑では完熟したものを収穫している。

次々にいろいろな種類のスイート野菜が収穫されているから、試行錯誤して調理してくれているみたいだ。

家臣たちも食事を楽しみにしている分、リクさんも料理のやりがいがあるのかもしれない。

私としては、リクさんの料理を余分に食べられてラッキー、としか思っていないが。

冷めないうちに朝ごはんに向かうため、作業に区切りをつけると、リクさんが恥ずかしそうに目を逸らした。

「急で悪いんだが、今日の昼から時間を作ってくれないか？」

「構いませんよ。どうかされましたか？」

「いくつかヒールライトを持って、国王の元を訪ねたいんだ」

「ヒールライトを持って、ですか？　まさか、国王さまの具合が悪くなられたとか……」

「いや、ベールヌイの地でヒールライトが栽培されている、という事実確認をするために必要なだけだ。現物を見ない限り、納得しない者も多いんだろう。レーネも同行するように連絡が来ている」

もしかしたら、アーネスト家が没落したことで、国産のヒールライトが手に入らないと思う人が出てきたのかもしれない。

放っておくと騒ぎになったり、良からぬ噂が流れたりするから、早めに対処しておきたいんだと思う。

現状では、まだヒールライトを領内に卸している段階で、王都まで出荷する見通しが立たない。もう少し時間がかかることを考えたら、先に国王さまにヒールライトを献上しておいた方が良さそうだ。

「わかりました。献上するヒールライトと共に、出かける準備をしておきますね」

「頼む。ついでと言ってはなんだが、俺《おれ》も遠征に向かう前に魔獣化の様子を確認しておきたい」

ちょっぴりソワソワするリクさんを見て、私はそっちが本命なのではないかと推測する。

もふもふされる正当な理由を探していただけではないだろうか、と。

ジャックスさんの言っていた『尻尾《しっぽ》を触られても受け入れていた』という言葉も納得できるし、妙に恥ずかしがっていることにも説明がつく。

領主のプライドや家臣たちの目を気にして、素直に言えない状況が生まれているのかもしれない。

普通の獣人は耳や尻尾《しっぽ》を触られることを嫌うから、自分だけもふもふされることを受け入れるわけにはいかないのだ。

もしかしたら、リクさんも遠征で会えなくなることを寂《さび》しがってくれているのかな……と、ジーッと見つめていると――。

「心配しなくとも、今回は王都までゆっくりと向かうつもりだ。魔獣化した状態で駆け抜けても、前回のように髪型が崩れるほど風を浴びることはない」

言葉を発する度に顔が赤くなるリクさんに、長時間の旅を提案されてしまった。

薬草栽培があるから日帰りになるとはいえ、遠征に向かう前に二人きりで、まさかのもふもふ旅行である。

ただ気遣ってくれているようにも思えるが、リクさんの性格を考慮すると……。

で、で、ででで、デートのお誘いのような気がしてきた。

い、いったん、お、お、落ち着こう。

「こ、今回は髪型が崩れないんですね。で、では、マノンさんに整えてもらった方がいいですかね？」

「そ、そうだな。王都は身なりに気遣う者も多い。着飾った方が自然かもしれない」

「へ、へえ……。じゃ、じゃあ、服も頑張ってみようかなー……な、なーんて」

「ま、まあ、この地の方が危険だからな。王都になら、好きな服装で出かけてもいいんじゃないか」

お互いに変に意識してしまったみたいで、ちょっぴりぎこちない会話になりつつも、私たちは心の内を探り合う。

デートですよね？　と言いたい私と、デートだぞ？　と言いたげなリクさんは、決してそのパワーワードを口にしない。

しかし、心はしっかりと通じ合っているみたいで、言いたいことが伝わってきていた。

朝から遠征のことで頭がいっぱいだったけど、これで心の整理をうまく付けられるようになるかもしれない。

「午後から王都へ向かうのであれば、午前中にやることをやっておかないといけませんね」

「ああ。そのためにも、まずは腹ごしらえだ」

「わかりました。朝ごはんをいただきましょう」

キリッと身を引き締めた私は、リクさんと一緒に薬草菜園を後にするのだった。

＊＊＊

朝の賑やかな食堂にやってくると、リクさんがすぐに朝ごはんを持ってきてくれた。

蒸して間もないであろうホカホカの肉まんと、小さな瓶《びん》に入れられた黄金のような輝きを放つカボチャプリンを見て、いつも以上にグッと胸が高鳴ってしまう。

午後からデートするなら、少しくらいは食欲を抑えた方が……と思いつつも、そんなのは気持ちだけだ。

肉まんのジューシーな味わいと香りにやられた私は、ペロリッとそれを食べてしまうのだから、仕方ない。

もちろん、初めてのカボチャプリンを残すという選択肢はないので、純粋に朝ごはんを楽しんでいる。

抑えきれない食欲に支配された私は小さな瓶を片手に持ち、早速、カボチャプリンをスプーンで口に運んだ。

「くぅ〜！　この濃厚な味わいが堪《たま》りませんね……！」

スイートカボチャを使用していることもあって、口に入れた瞬間、カボチャの濃厚な甘みが一気にブワッと広がる。そこに卵とミルクの優しい味わいが加わり、とても滑らかな舌触りだった。

そして、このカボチャプリンの味わい深さを引き立てているのは、なんといってもスイートカボチャの豊かな香りである。

舌で甘みを感じると同時に鼻に香りが抜けると、とても幸せな気持ちになってしまうのだ。

これには、野菜にうるさい侍女たちもウットリとしている。

「おいしいね〜」

「おいしいよね〜」

「おいしいな〜」

本当においしい時はおいしい以外の言葉が出てこないと聞くが、まさにそれだろう。完全に語彙力が消失して、ゆっくりと味わって食べていた。

そんな現状に驚いているのは、カボチャプリンを作った当事者、リクさんである。

「思ったよりも好評だな……」

カボチャプリンの出来栄えに自信はあったと思うが、予想以上の反響に戸惑いを隠せていない。

それもそのはず。肉食系獣人たちも大人しく席に着き、じっくり味わって食べているのだから。

「たまにはこういうのも悪くないよな」

「肉の代わりと言ったら、やっぱり甘いものしかねえよ」

「ぶっちゃけ、俺は肉よりスイーツの方が好きだぜ」

ミノタウロスが勢力を拡大している今、街の周辺で魔物の肉が取れなくなり、お腹《なか》いっぱい食べられない。

てっきり酒に走るのかと思っていたけど、意外に甘いものに走っている人が多い印象だった。

「うぐぐっ、リクめ。なかなかやる」

一方、同じ肉食系獣人のマノンさんは、なぜかリクさんに対抗意識を燃やしているため、とても悔《くや》しがっている。

スイートカボチャを使ったポタージュを作っていた以上、次はカボチャプリンを開発しようと、ひそかに構想を練っていたのかもしれない。

先を越されてしまった……と、敗北感に満ちているんだろう。

しかし、マノンさんがカボチャプリンを口に入れると、すぐにだらしない笑みを見せてくれる。

その幸せいっぱいの表情は、誰《だれ》よりもカボチャプリンを堪能《たんのう》しているようにしか見えなかった。

素直においしいと言えばいいのに、と思いつつも、私も残っているカボチャプリンをいただく。

「はぁ～、幸せの味がするー……」

この濃厚なカボチャの甘みが、私を何度でも幸せにしてくれる。

最初は濃厚すぎてクドくなりそうな気がしていたけど、卵とミルクがまろやかな味わいに変えてくれている影響か、食べ進めてもあまり重く感じない。

意外に後味も良く、最後までおいしく食べられそうだった。

みんなも同じように最後までじっくりと味わう中、一足先に食べ終えた亀爺さまだけは、何かを考えるように腕を組んでいる。

「ふむ……。ねだったら怒られそうなやつじゃのう」

いつも怒られないとわかっていながら、朝ごはんのおかわりを催促していたとわかった瞬間であった。

＊＊＊

朝ごはんを食べ終えた後、午前中にやることを済ませるため、私はマノンさんと一緒に裏山に向かった。

スイート野菜の状態を確認して、水やりを済ませる。領民たちが草取りを頑張ってくれていることもあり、順調に栽培が進んでいることを実感した。

その後、薬草菜園を管理した後で、中断していたヒールライトの粉末を仕上げようと思っていたのだが。

……ガサッ

他に行く場所があるんだろう？　と言わんばかりに軽く揺れた薬草たちが、妙に大人しくしていた。

最近、構ってほしそうに揺れる薬草が多いだけに、目の前の光景が信じられない。我も我もとアピールしてばかりだったのに、今日の薬草たちは一致団結している。

明らかに不自然な状況に戸惑ってしまうが、こういう状況が生まれる原因について、一つだけ思い当たる節があった。

「もしかして、朝ごはんに行く前の光景、見てた？」

乾燥させたヒールライトを粉末にする際、薬草たちが寂しくならないようにと、この場で作業している。

当然、リクさんが朝ごはんだと呼びに来てくれた時も、薬草たちはこの場所にいたわけであって——。

ガサガサッ

バッチリ見てたよ、と大きく頷《うなず》くように薬草たちは縦に揺れた。

これは予想外の目撃者を発見した瞬間であり、薬草たちは意外に色恋沙汰に興味があるとわかった瞬間でもある。

どうやら恋愛にうつつを抜かして、栽培に手を抜かない限り、薬草たちは許してくれるみたいだ。変に嫉妬《しっと》されたり、駄々をこねられたりするよりは、こういう風に対応してくるとありがたい。

でも、どうして薬草たちが後方で父親面《ちちおやづら》して、リクさんとの関係を応援してくれているんだろうか。

そういえば、ヒールライトが金色に輝き始めたのは、魔獣化したリクさんと再会した時だっけ。リクさんは無意識だったらしいけど、ヒールライトに何かして輝き始めたように見えたから、思っている以上に魔獣の血とヒールライトは深い関係があるのかもしれない。

「栽培者の心が反映された結果、薬草たちもリクさんに好意を抱いて……って、私は何を言っているんだろう。今のはなかったことにしよう」

自分で口にした言葉で恥ずかしくなった私は、薬草たちの厚意に甘えさせてもらい、ヒールライトを粉末にする作業に徹した。

この子たちがリクさんについていこうとしていたのも、もしかしたら……などと考えてしまうあたり、正常な思考が保てない。

ただ、ベールヌイ家に嫁《とつ》いでから、薬草との絆《きずな》が増したのは間違いないと思った。

そんな薬草たちに見守られながら、ヒールライトを粉末にする作業を終えると、私はデートの支度《したく》に取り掛かった。

普段とは違う印象を抱くように、今はマノンさんが髪型を整えてくれている。

どうやらボリュームが出るように、ふんわりとしたポニーテールにしてくれるみたいだ。

「奥方、もう少しジッとしてて」

「はい、わかりました」

真剣な表情で手を動かすマノンさんは、カボチャプリンで癒《いや》されていた人と同一人物とは思えない。とても丁寧で、なおかつスピーディーに動いていた。

しかし、何やら思うところがあったみたいで、突然、作業を中断してキョロキョロとしてしまう。

「奥方、こういう時にヘアアクセサリーで、良いものがないと不便」

髪を後ろに留めるアクセサリーがないらしい。

この問題も高価なものを購入するのは申し訳ないと思い、先送りにしていた弊害だった。

「持ち合わせがないというのも問題がありますね。ドレスに合わせる分も含めて、購入した方がいいのかもしれません」

「ドレスが完成したら、買いに行こう」

「……わかりました。でも、高価なものは控えてくださいね？」

「わかった。その分、いっぱい買う」

何もわかっていなさそうなマノンさんだが、侍女としてのスキルは一級品だ。

アクセサリーがないと判断すると、髪を三つ編みにして、うまいこと後ろで留めてくれる。

下手《へた》なアクセサリーで留めるよりも、こっちの方が大人っぽく見えそうだと思った。

そのまま流れるような動きで化粧に入ると、頬《ほお》にピンクチークを軽く入れて、あどけない印象に仕上げてくれる。

マノンさんの侍女スキルとおしゃれセンスは、疑いようがないほど素晴らしい。私と違って流行にも詳しいので、すべてを任せている。

そんな彼女が初デートに用意した服装は、丁寧に編み込まれた白色のニットと飴色の落ち着いたロングスカートだった。

「奥方、初デートはロングスカートで決まり。公爵夫人らしく、お淑《しと》やかな雰囲気を出そう」

気合いがみなぎるマノンさんの言葉に、私は思わず納得して、うんっと大きく頷くのであった。

＊＊＊

身支度を終える頃には午後を迎えていたので、リクさんが待つ裏庭にやってきた。

そこで待っていたのは、レザージャケットを羽織り、ピシッと引き締めた服装のリクさんである。

見慣れない服装をしている影響だろうか。いつもは友人みたいな関係なのに、こういう時だけ変に旦那さまだと意識して、緊張してしまう。

どうしよう、これは心臓に悪い。いったん心を落ち着けて、深呼吸を――。

ガサガサガサッ

こんな時に応援しなくてもいいから！　リクさんに気づかれるじゃん！

そう思っているのも束の間、不自然に触れた薬草たちの影響で、振り向いたリクさんと目が合ってしまう。

思わず、あまりの恥ずかしさに後退《あとずさ》りしてしまうが、変な誤解を与えるわけにはいかない。

せっかくマノンさんに身支度を整えてもらったのだから、勇気を出して立ち向かうしかなかった。

リクさんの顔が見られないと葛藤を抱きつつも、私はぎこちない足取りで彼に近づいていく。

「お、お待たせしました」

「い、いや、大して待っていない。それよりも、アレだな。に、似合っているぞ」

「あ、ありがとうございます。リクさんも、に、似合っていますよ？」

「そ、そうか」

今までで一番気まずいと思うのは、気のせいだろうか。互いに見慣れない姿に困惑して、動揺を隠しきれていなかった。

リクさんが顔を真っ赤《まか》にしているので、悪い印象を与えているわけではないと思う。

まあ、私も信じられないくらい顔が熱いけど。

「……行くか」

「……はい」

その結果、余計な会話をすることもなく、王都へ向かうことになった。

＊＊＊

魔獣化したリクさんに乗って、快適な王都までの道のりを堪能する予定……だったのだが。

「早く着きすぎてしまったみたいだな」

心を落ち着かせようと必死にもふもふしていたら、知らないうちに王都に到着していた。

それはそれで楽しい旅だったから、もったいないとは思わない。魔獣化したリクさんに話しかけても、鳴き声で『ガゥ』と反応されるだけなので、逆に充実したもふもふタイムだったとも言える。

何よりもよかったのは――。

「日中の王都はすごい人ですね！」

もふもふしたことで緊張が解《ほぐ》れ、普通にリクさんの顔を見て話ができるようになったこと。

リクさんも落ち着いたみたいで、いつもと同じように接してくれていた。

「国王の元には、夕刻に向かう予定だ」

「そうですか。まだまだ時間がありますね」

非常事態に対応するため、屋敷を早く出たとも受け取れるが、それにしては時間に余裕がありすぎる。

やっぱり、わざわざ王都で一緒に過ごす時間を作ってくれたんだろう。

つまり、ここからデートが開始するのだ。

「少し早いが、行きたい場所がある。ついてきてくれ」

「わかりました」

そう言ったリクさんが動き出そうとした、その時だった。

私の手が何やら温かいものに包まれる。

「行くぞ」

「は、はい」

先ほどのぎこちない雰囲気は、どこにいったのやら。急に積極的になったリクさんに手を繋《つな》がれ、エスコートしてもらっていた。

私に歩幅を合わせてくれるし、通行人が多いとグッと手を引き寄せてくれる。

人が多いから迷子にならないように……などという、お子様扱いではない。ちゃんと妻として、女性として扱ってくれている印象を受けた。

王都で開かれたパーティーの時はハッキリと口にしてくれなかったけど、どうやら行動では示してくれるらしい。

こうしてリクさんの知らない一面を知れると、妙に嬉《うれ》しく感じてしまう。

リクさんにも同じ気持ちを抱いてもらおうとしたら、私はどうすればいいんだろうか……。

「ここだ」

「えっ？　あっ、はい。って、ここは……？」

早くも目的地に到着した私は、見慣れない店を目《ま》の当《あ》たりにして、首を傾げる。

店の前には長蛇の列ができていて、周囲には甘い香りが漂っていた。

「他国の料理にクレープというものがある。この店はその専門店だ」

「……クレープ？」

クレープという言葉を聞き、私は義妹の言葉を思い出す。

王都でしか食べられない極上の甘味、クレープ。ふわふわした癒しのパンケーキに負けないほどの一大勢力であり、甘味《かんみ》が大好きな貴族を虜《とりこ》にするらしい。

そして、長蛇の列ができるほどの人気店で、何度も王都に通っていた義妹でも食べることができなかったと聞く。

「入るぞ」

「えっ？　でも、すごく並んでいますけど」

「この店は、国王の下で働いていたパティシエが定年退職で引退して、息子と一緒に開業したものだ。何度か試作品の調整に付き合っていたこともあって、多少の融通は利《き》いてくれる」

えええっ⁉　と驚きたい気持ちはあるが、獣人の敏感な味覚のことを考えれば、納得がいく。

リクさんは料理もお菓子も作るから、アドバイスを求める方も聞きやすいんだろう。

それを考えると……私って、めちゃくちゃ良い食事をしているんじゃないかな。胃袋を掴まれない方がおかしいよ。

並んでいる人に申し訳ないと思いつつも、リクさんに手を引かれて店内に入っていくと、すぐに店員さんが出迎えてくれた。

「予約していたマーベリックだ」

「お待ちしておりました。こちらへどうぞ」

まさかの予約までしてくれていたことが判明した瞬間である。

急に誘われたデートだったけど、準備をしてくれていたのかもしれない。少なくとも、この店に掛け合ってくれたのは、明白だった。

あまりの好待遇に驚いているのも束の間、私たちはすぐに個室に案内される。

そこは、とても落ち着いた部屋になっていた。

清潔な木材の机と椅子《いす》が用意されていて、四人でも十分に過ごせるようなゆったりとした空間になっている。大きな窓から日も差していて、プライベートが守れるように白いカーテンが備え付けられていた。

「こちらの部屋でごゆっくりくださいませ」

「ああ」

「あ、ありがとうございます……」

店員さんが一礼して部屋を離れた後、私とリクさんは向かい合うように座る。

王都の有名なカフェの個室でリクさんと二人きり。

とてもデートっぽい雰囲気だと思いつつも、それを意識するとまた話せなくなりそうなので、深く考えないようにしていた。

「こちらの店には、リクさんは何度か来られているんですか？」

「ちゃんと客として足を運んだのは、今回が初めてだ。さっきも軽く話したが、開業前に交流があった程度で、近年は顔を合わせていない。騒がしい男だから、数年に一度でも会えば、十分な気が……」

不穏な気配でも感じたのか、リクさんが口をつぐんだ。すると、部屋の外からドタドタドタッと大きな足音が近づいてくる。

そして、なんの躊躇もなく部屋の扉が開かれると、白ひげを生やした元気なお爺ちゃんがニッコリと笑っていた。

「マーベリックさま、聞きましたぞ。ご結婚されたそうではありませんか。いやはや、めでたいことで。おっと、こちらの方が奥さまかな？　随分とお綺麗《きれい》な方を捕まえましたな。ガハハハッ」

リクさんが騒がしいと言っていたのは、そのままの意味だったらしい。

ベールヌイ領に住んでいても不思議ではないほど、おおらかなお爺ちゃんだった。

私たちが来店したことを聞き付けて、急いで挨拶《あいさつ》に来てくれるくらいだから、リクさんが予約したことが嬉しかったのかもしれない。

初対面の私は彼の勢いに圧倒されてしまうが、リクさんは結婚の話をされてタジタジになっていた。

「貴族である以上、いつかは結婚するだろ。遅いか早いかの違いだ」

「いやはや、端正な顔立ちとは裏腹に、女性を寄せ付けない雰囲気がありましたからな。国王陛下より、マーベリックさまが結婚されたと聞いた時は、驚きを隠せませんでしたぞ」

パティシエの仕事を退職した今もなお、お爺ちゃんは国王さまと繋がりがあるみたいだ。

これだけ王都で人気のある店を営んでいれば、他国の貴族が興味を抱くだろうから、会談の場所として用いたり、たまには王城で腕を振るう機会があったりするのかもしれない。

そんな方が嬉しそうにリクさんの元まで挨拶に来てくれたと思うと、誇らしい気持ちで胸がいっぱいだった。

肝心の本人は、複雑そうな表情を浮かべているが。

「一応、妻の前だ。昔のことを話すのは控えてくれ」

「おっと、これは失礼しました。野暮《やぼ》なことを言ってしまいましたな。お許しくだされ。しかし……おかしいですな。マーベリックさまとお付き合いされた女性などいな――」

「今日は辛口の採点が希望みたいだな。いいだろう、容赦はしないぞ」

何やら気になる情報が入りそうなところで、リクさんが妨害してしまった。

パティシエのお爺ちゃん、もうちょっと頑張って踏み込んでほしい。せめて、言いかけたことを言い切ってくれれば嬉しいんだけど。

「ハッハッハ、余計なことを言いすぎたみたいですな。ですが、マーベリックさまの辛口採点であったとしても、昔のようにはいきませんぞ？」

「自信があるのはけっこうだが、獣人の舌は誤魔化《ごまか》せやしない」

「心配しなくても、今日こそその舌を唸《うな》らせてやりますぞい。うちの息子が」

勝手にリクさんと息子さんの対決を組んだ後、パティシエのお爺ちゃんは、にこやかな笑みを浮かべて退室してしまった。

肝心なところを聞けなくてモヤモヤするけど、直接本人に聞くわけにはいかない。今度、パティシエのお爺ちゃんを見かけたら、こっそりと聞いてみよう。

そんなことを考えている間に、すぐに店員さんが魅力的なスイーツを持ってきてくれた。

「こちらが事前に注文していただいておりました、チョコバナナクレープになります」

目の前に見たこともないデザートを出され、私の頭の中は早くも食に染まってしまう。

おいしそうな見た目をしているものの、決して綺麗な色合いとは言えない。

黄色・白・黒の三色しか存在しないにもかかわらず、王者の風格を表すような存在感を解き放っていた。

「独特なスイーツですね」

「この国では、王都以外で食べられないからな。疑問を抱くのも無理はないだろう」

「おいしそうな甘い香りはしますが……。あれ、ナイフがありませんね」

「クレープという食べ物は、手で持って食べることを推奨している。こんな風にな」

そう言ったリクさんは、クレープを両手で持ち、大きな口でガブリッとかぶりついた。

肉に食らいつくようなワイルドな食べ方に、私はカルチャーショックを受けてしまう。

スイーツというのは、貴族が好む食べ物であり、お淑やかにいただくことを前提としている。それなのに、手で持って豪快に食べることを推奨しているなんて、夢にも思わなかった。

きっと肉まんやサンドウィッチみたいな感覚で食べる新感覚のスイーツなんだろう。

そんなクレープを迷うことなく手で持った私は、リクさんを見習い、勢いよくかぶりついた。

薄いながらもモチッとした食感の生地に、甘みを抑えた生クリームが押し寄せる。そこに現れる絶妙な苦みと甘さは、なんだろうか。柔らかい果物と一緒に合わさり、一体感のある味に仕上がっている。

まさに新境地とも言えるスイーツだった。

「この苦甘いものはなんですか？」

「暑い地域で実るカカオという成分が原料のソースだ。固めたものはチョコレートと呼ばれ、他国では人気上位のスイーツに分類されている」

「確かに、この独特な苦みと甘みはクセになりそうです」

「チョコレートは、バナナとも生クリームとも相性がいい。スイート野菜や他のスイーツのような鮮やかな色味はないが、十分に対抗できるポテンシャルを秘めている」

「確かにそうですね。ただのソースだと思っていただけに、とても驚きました」

リクさんの話を聞いた上で、もう一度クレープを口に運ぶ。

生クリームの優しい口当たりに、チョコレートの苦みと甘さが絶妙に合わさり、幸せな気持ちで満たされていった。

王都で人気のスイーツなだけあって、非の打ちどころがない。外で長い行列を作っているのも、これだけおいしいと納得がいく。

そんなことを考えながら、クレープを頬張《ほおば》っていると、リクさんの赤い瞳《ひとみ》がキラーンッと光った。

「やはり、レーネは甘いものに目がないみたいだな」

「ハッ！　い、いつの間に私の好みを……！」

何気なくクレープを食べているが、私は一度たりともスイーツが好きだと言った覚えはない。

それなのに、リクさんは知らないうちに私の好みを調べて、わざわざ人気のカフェを予約してくれていたのだ。

「悪いが、今日まで食事のメニューを工夫して、レーネの好みを調べさせてもらった」

な、なんだって⁉　私の知らないところで、そんな恐ろしい計画が動いていただなんて！

まさか今日の朝ごはんについていたカボチャプリンも、スイーツが好きだと確証を得るための戦略だったんだろうか。

いや、そこまで計算していたはずがない。

甘いものが好きな女の子はいっぱいいるから、今も探りを入れている可能性があるわけで――。

「基本的にはなんでも食べるが、生野菜は良い思い出がないみたいだな。季節の問題かもしれないが、温かいものを好む傾向にあった」

見事に言い当てられてしまった私は、否定も肯定もすることができなくなってしまう。

実家では満足な食事ができなくて、自分で育てた野菜を隠れて食べていたため、温かい料理を好むようになっていた。

器から料理の温《ぬく》もりを感じるだけでなく、おいしそうな料理の香りで鼻をくすぐられると、我慢なんてできるはずがない。

誘惑されてしまったかのように手が伸びて、最後までおいしく堪能してしまうのだから。

「その中でも興味を持ちやすいものは、ひと手間加えた料理であること。玉子焼きや目玉焼きよりも、オムレツやキッシュの方が食べたそうだった」

うぐぐっ、まさかそんな自分でも気づかないところまで見られていたなんて、夢にも思わなかった。

今までまともな料理が食べられなかった反動で、シンプルな料理よりも手の込んだものを自然と選んでしまう癖《くせ》がついてしまったんだろう。

昨日の夜ごはんは妙に卵料理が多いと思っていたけど、きっと好みを調査するために作られていたに違いない。

何も考えずにおいしそうなものから順番に食べ、ありがたく堪能させてもらったが……。

一方的に妻の好みを調べるのはズルい。こっちはリクさんの好みがわからなくて、自分の好きなドレスをオーダーしただけに、出し抜かれたような気持ちが生まれてくる。

おいしい料理に関しては、本当にありがとうございます、と感謝の気持ちでいっぱいだ。でも、私の食の好みだけ完璧《かんぺき》に把握されるのは、不公平だと思った。

このまま一方的に好みを把握されたら、旦那さまに甘やかされるだけの妻になってしまう。

絶対にこれ以上は食の好みを知られるわけにはいかない。

そんなことは頭でわかっているのに、クレープを食べる手が止まらなかった。

「マノンも似たようなものだが、レーネも甘いものは別腹みたいだな」

おいしい……！　このチョコレートの苦甘さと生クリームの一体感が堪らない！

どうしよう。初めて食べるクレープが気に入ったと思われたら、ベールヌイの屋敷で作ってくれそうな気がする。

それはとても嬉しいことだけど、胃袋をわしづかみにされるだけでは済まされない。

もはや、完全に掌握されてしまう！

旦那さまにもてなされるだけの公爵夫人になるのではないか……と、猛烈に危機感を抱いていると、部屋の扉がノックされた。

「こちらがホットココアになりますねー」

チョコレートに似た飲み物を店員さんが持ってきてくれたところを見て、私はリクさんの策に嵌《は》められたんだと悟る。

デートという行為に浮かれさせ、妻の機嫌を取るために今、私は全力で接待されているのだ。

その証拠と言わんばかりに、店員さんが退室した瞬間、とんでもない異変を感じてしまう。

「な、なんていう甘い香り……」

ホットココアという飲みものが放つ甘い香りに、飲む前からとろけそうになっていた。

香りだけでおいしいとわかる。そんなことがあってもいいのだろうか。

私、絶対にこの飲み物が好きだ！　飲む前からわかる！

「マノンにカボチャのポタージュを研究させていたところから推測すると、ホットココアがレーネの好みである可能性が高い。頬《ほお》を緩めずに飲むことは、極めて困難だろう」

真剣な表情を浮かべるリクさんは、答え合わせするかのように、ジッと見つめてくる。

追い詰められた私は、無駄な悪あがきをするように表情筋を引き締め、ホットココアを口にした。

「……今回は私の完敗ですね」

だって、おいしすぎるから。こんなの頬が緩まない方がおかしいよ。

チョコレートみたいな独特の苦みと甘みが喉奥《のど》に流れるだけじゃない。鼻に抜けるその香りが何よりも幸せだった。

ホットココアの優しい味に癒されていると、リクさんもてなすことに満足したのか、安堵《あんど》のため息をこぼしている。

「レーネは顔に出やすいタイプだ。今後は素直に食の好みを教えてくれ」

「難しい相談ですね。以前、私がリクさんにスカートの好みを聞いた時に教えてくれなかったじゃないですか」

「それは答えにくい質問をしてくるからだ」

「夫婦なんですから、気にする必要はありませんよ。もっと意思疎通できた方が距離も縮まると思います」

隠し事をしてはならないというつもりはない。でも、私たちはまだ形だけの夫婦であり、友人のような関係を築いている。

ここから本当の夫婦のような存在になるためにも、思いきって問い詰めてみようか……と思っていると、リクさんが照れ臭そうな顔で、頭をポリポリとかいていた。

「良い機会だ。素直に問おう」

「ん？　何をですか？」

スカートの好みより言いにくいことなのか、リクさんは口をモゴモゴとさせている。

「最近まで、レーネは俺のことを領主と知らずに接していたわけだが、その……どうなんだ？　随分と高い理想を抱かれていたように感じたが、俺が領主だったと知り、幻滅はしなかったのか」

リクさんは目を泳がせているが、どうして動揺しているのかわからない。

理想も何も、私は旦那さまの優しい心に惹《ひ》かれたんだから、幻滅のしようがなかった。

「逆に聞きたいんですけど、嫁《とつ》いできたばかりの時、ガリガリで貴族令嬢らしくない私を見て、幻滅しなかったんですか？」

自分の妻となる人が痩せこけていたら、普通は快く思わないだろう。

ヒールライトを欲する理由があった以上、薬草栽培だけに集中させて、仮面夫婦になっていてもおかしくなかった。

でも、リクさんは出会った頃から一貫して、優しく接してくれている。

恥ずかしがって自分のことを教えてくれないところ以外は、とても心が広かった。

「質問を質問で返してくるのは、レーネの悪いところだな」

「リクさんの悪いところは、自分のことを教えてくれないところです」

変なところで頑固な私たちは、互いに先に答えようとはしなかった。

夫婦として進展しないがゆえに、こうして探り合ってしまうんだろう。実際にどう思われているのか心配で、一方的に気持ちをぶつけるのが不安だった。

しかし、今日のリクさんはいつもと違う。誤魔化《ごまか》す様子もなく、真剣な顔をしていた。

「この機会を逃したら、しばらく二人きりで話す時間は取れそうにない。せっかくの機会だ。同時に互いの問いに回答して、決着をつけよう」

「……わかりました。言うと見せかけて言わなかった場合、罰として二つの質問に答えてもらうことにしましょう」

「構わない。俺は逃げるつもりなどないからな」

リクさんがそう言った時、退路を断つためにすぐに仕掛ける。

大きく息を吸い込んだリクさんを見た後、もしもの時を考えた私は、思わずギュッと目を閉じた。

「せーのっ」

「幻滅していない！」

「幻滅していません！」

おおー……と、心の中でどよめきが起こった後、ゆっくりと目を開ける。

真剣な表情を浮かべるリクさんと目が合うだけで、お世辞ではないと理解して、心の底から安堵した。

よ、よかった……。あれだけガリガリで、みすぼらしい服装をしていたのに、幻滅されていなかったんだ……。ん？

「えっ！　ちょっと待ってください。もしかして、痩せている女性の方が好みでしたか？」

「いや、今の方が健康的で綺麗《きれい》だと思うぞ」

ちょ、ちょっと、なんですか、急に。今までそんなにストレートな言葉はなかったと思いますけど。

しかも、自分で言っておいて、顔を赤くしないでくださいよ。顔を赤くしたいのは、こっちなんですから。

急にカウンターを叩きこまれた私の胸は高鳴り、必要以上にドキドキとしている。

恥ずかしそうに目を逸らしたリクさんが、とても可愛《かわい》く見えて仕方がなかった。

「それより、どうして俺に幻滅しなかったんだ。レーネの持っていた領主のイメージは、かなりハードルの高い存在のように感じたぞ」

「そうですか？　私はリクさんと結婚する人は幸せだろうなーと思っていたので、幻滅する要素はありませんでしたよ」

動揺を隠せない私は、ついつい心の声をポロッと漏《も》らしてしまった。

ど、どうしよう。かなり恥ずかしいことを言ったかもしれない。こんなことを言うつもりはなかっただけに、リクさんの顔が見られなくなってしまう……！

その結果、個室ということが裏目に出て、なんとも言えない空気が流れ始めた。

もっと話を聞いてみたいと思う反面、これ以上は聞かない方がいいと思う自分がいる。

少なくとも、世間一般的に夫婦の関係を築いている人たちは、こういう状態には陥《おちい》らないだろう。

私たちの夫婦付き合いは、まだまだ始まったばかり。自分たちのペースで歩んでいくべきだと実感した。

「レ、レーネがそう思ってくれているのであれば、無理をする必要はないな。少し焦《あせ》りすぎたかもしれない」

「そ、そうですね。今回は急展開すぎましたね。不意打ちは身体に良くないので、もう少しゆっくりと歩みましょう」

なんとか心を落ち着かせようとした私は、ホットココアを口にする。

やっぱりホットココアは甘くておいしい。

そんな思考で無理やり頭を埋め尽くし、恥ずかしさを誤魔化すのであった。

第三章 ✦ 植物学士

カフェでまったり過ごした私たちは、まだ国王さまとの面会まで時間があったため、王都の市場を歩き回ることにした。

一時的に互いを意識する時間はあったものの、店を離れる頃には落ち着いていたので、変な空気を引きずることはない。今朝《けさ》からそういうことが何度もあった影響か、うまく対応できるようになり始めていた。

これには、街が活気に満ち溢《あふ》れていて、大勢の人で賑わっている影響も大きいだろう。

「いろいろな店があるんですね」

ベールヌイの地も都会だが、やっぱり一国の王都なだけあって、この街の方が大きい。珍しい出店もたくさん並んでいるため、ついつい目移りしてしまう。

ドレスの専門店だけでもいくつもあるし、異国の服を取り扱う店まで並んでいた。

買いものをするつもりはなくても、外から見ているだけで楽しいので、私は先ほどから周囲をキョロキョロと見渡している。

「あっ、あそこに薬草が売っていますよ！」

薬草や薬を販売する店が見つかり、思わず一目散に駆け寄ろうと足を動かす。

しかし、人混みに慣れていないこともあり、私の目の前に突然知らない男性が現れ、ぶつかりそうになってしまう。

「俺《おれ》から離れるな」

立ち止まったリクさんに腕をグイッと引き寄せられて、危うく難を逃れた。

ぶつかりそうになった男性には迷惑をかけてしまったので、軽く会釈をして謝罪する。

「王都は人が多い。急に走ると危ないぞ」

「は、はい。すみません」

こういうことが起きると予測できたから、王都に着いたばかりの時は手を繋《つな》いでくれていたのかもしれない。

これでは子供の面倒を見られているような状態と変わらない……と、思っていたのだが。

リクさんの手がさりげなく肩に回され、軽く引き寄せられると、少し雰囲気が変わる。

急に友達から夫婦の距離になったみたいで、やっぱり今日はデートなんだと実感した。

些細《ささい》なことかもしれないけど、リクさんの温《ぬく》もりが伝わってきて、焦《あせ》っていた心が落ち着いていく。

もしかしたら、私はこういうことをされたいという願望を抱いていたのかもしれない。欲求が満たされていくと同時に、もう少し甘い雰囲気になりたいと思ってしまう。

せっかく夫婦っぽい雰囲気になったんだから、リクさんにもたれかかっても……いいよね？

私は思い切って、エイッとリクさんに体を預けてみる。

ぽふっ

「……」

「……」

なぜだろうか。甘い雰囲気になるはずが、微妙な空気に包まれたような気がする。

先に仕掛けたのはリクさんなのに、どうして何も言わないんですか。体にもたれかかっただけで、夫婦っぽい雰囲気は壊していませんよね？

複雑な気持ちを抱きながらも、歩くことを再開した私たちは、薬草を販売している店に近づいていく。

遠い。店までの道のりが遠い。変に意識している影響か、足の動きがぎこちなくなってきた。

もたれかからない方がよかったかなーと思いつつ、薬草を販売している店にやってくると——。

「どの薬草が気になったんだ」

リクさんの声色が普通で、ホッと安心した。

きっと私が過剰に意識していただけなんだろう。肩を引き寄せてくれたリクさんにとっては、想定の範囲内の行動だったのかもしれない。

いつもの雰囲気に戻すため、私はリクさんから離れて、商品の薬草を眺めることにした。

「うーん、妙に薬草が高いですね。相場の倍近い額で取引されている気がします」

「亀爺もボヤいていたな。薬草の高騰が続いている、と」

「あっ、そういえば、嫁《とつ》いできたばかりの頃に言っていましたね。三日月草や魔法のハーブが値上がり……して、いるって……」

リクさんの言葉を聞き、反射的に顔を合わせたのだが……。

彼の顔があまりにも赤くて、私の声はだんだんと小さくなってしまった。

どうやら平静を装っていただけで、リクさんも過剰に意識していたらしい。なんとか平常心で対応しようとして、必死に取り繕っているように見える。

そんな状態だと知らなかった私は、驚きのあまりポケーッとリクさんを見つめていた。

リクさんは思っている以上に余裕がないみたいで、目を合わせるのも恥ずかしい、と言わんばかりにそっぽを向いてしまう。

なるほど。もふもふされることが好きなリクさんは、物理的な接触が弱点だったのか。私も得意な方ではないけど、今後の参考にさせてもらうとしよう。

ただ、今はそれ以上に薬草の方が気になっている。

品質の良い薬草ではあるものの、あまりにも高値で販売されているから。

「比較的栽培しやすい薬草なんですけど、どうしてこんなに高いんでしょうか」

疑問を抱きながら三日月草を眺めていると、横から華奢《きゃしゃ》な手がスーッと伸びてきて、それをつかんだ。

「作り手がいないのよ」

そう言ったのは、とても大人っぽい女性だった。

青いスカートに白いブラウスを合わせて、クセのある黒髪を伸ばしている。同じ人とは思えないほど妖艶《ようえん》で、お淑《しと》やかな印象を受けた。

三日月草が傷《いた》まないようにわざわざ根元を持っているので、彼女も植物学士なのかもしれない。

「国内で薬草栽培を営む人は、急激に減少しているの。今では他国のものを輸入しないと流通が滞るくらいよ。慢性的な薬草不足ね」

「そ、そんなにですか？　いったいどうして……」

「当然のことよ。心当たりはあるんじゃないかしら、レーネ・アーネストさん」

不意に名前を呼ばれるが、初対面の彼女に対して、私はまだ自己紹介をしていない。しかも、ベールヌイの方ではなく、旧姓のアーネストの方で呼ばれたことに違和感を覚えた。

リクさんも同じように感じたみたいで、私の腕を引っ張り、彼女と距離を取る。

「どこの誰《だれ》かは知らないが、何か用か？」

警戒したリクさんが低い声で訊《たず》ねると……、彼女の大人っぽい雰囲気はどこへいったのやら。急に大きく取り乱して、アタフタとしていた。

「ご、ご、ごめんなさい！　警戒させるつもりはなかったの！　本当よ、本当なの！　嘘《うそ》はついていないわ！」

「と、と、とりあえず落ち着いてください」

何度も頭をペコペコと下げる彼女に対して、私もつられて焦ってしまう。

ただ、思いは通じたのか、互いに顔を合わせて、うんうんと頷《うなず》き合った。

「私の名前は、エイミー・ウォルスターよ。たまたま見かけたから、挨拶《あいさつ》をしておこうと思っただけなの。紛らわしいことをして、本当にごめんなさい」

改めて深々と頭を下げる彼女の姿を見れば、本心を言ってくれているとよくわかる。

でも、ベールヌイ家の当主であるリクさんならまだしも、顔が狭い私のことを知っているのは、珍しい。同じ植物学士であったとしても、普通は顔を見ただけでアーネスト家の人間だとわからないはずだ。

ここは下手《へた》に首を突っ込まずに、リクさんに対応を任せた方がいいかもしれない。

「ウォルスター男爵家、か。確か田舎に住む老夫婦の薬師で、功績を上げて男爵位を授《さず》かった家系だ。しかし、子宝には恵まれなかったと記憶しているが」

「療養のためにお世話になっていたんだけど、数年前に養子にしてもらったの。おかげさまで、今ではスッカリ元気になっているわ」

「……訳あり、か」

「まあね。獣人のあなたなら、薄々気づいているはずよ。マーベリック・ベールヌイさん」

療養のために田舎に住むのは納得できるけど、普通は家を借りて暮らすか、宿に泊まる程度だろう。

それなのに、貴族の家で世話をしてもらっただけでなく、養子にしてもらっている。訳ありだったとしても、あまりにも不自然に思えてしまった。

踏み込んで聞かない方がいいのかな……と思っていると、急にエイミーさんがハッとする。

「あっ、いけない。のんびり話している時間はないんだった。私は先を急ぐから、またね」

「えっ？　あっ、ちょっと……」

どうにもエイミーさんは慌《あわ》ただしい性格みたいで、ピューッとものすごい勢いで去っていった。

最初は貴族らしく優雅に振る舞っていたのに、言動のあちこちにそれらしくないところがある。

焦って取り乱していたり、一人で行動していたり、身分差を考えない言葉遣いだったり。

リクさんがベールヌイ公爵だと理解していたなら、男爵家の養子だと頭が上がらないはずなんだけど。

まあ、まだ養子として迎え入れてもらったばかりで、貴族の生活に馴染めていないのかもしれない。

一つだけ確かなことがあるとすれば――。

「さっきの子、何だったんですかね」

「さあな。人にしては随分と魔力量が多かった。妙だったのは、間違いない」

変な人、それが彼女の第一印象だった。

＊＊＊

夕日が沈み始め、国王さまと面会する時間がやってくると、私とリクさんは謁見《えっけん》の間……ではなく、私室に案内されていた。

一国の王が過ごす部屋なだけあって、広々とした開放的な空間になっていて、窓が大きい。光沢のある机とふかふかのソファーまで用意されていて、普段から話し合いに使用されているみたいだった。

私とリクさんはそのソファーに腰を下ろして、国王さまと向かい合う。

まずは用件を済ませるべきだと思い、国王さまに向けてヒールライトを差し出した。

「数は少ないですが、ヒールライトを献上させていただきます」

「うむ。立派な薬草に育ったものだ。大儀であった」

国王さまのありがたい言葉をちょうだいして、私は恐縮した。

普通の貴族であれば、こんな機会に恵まれること自体が珍しい。自然と肩に力が入り、背筋を伸ばしてしまうほど緊張している。

一方、リクさんは違う。自分の屋敷で過ごしているかのようにリラックスしていた。

「この前会った時には、レーネに負担をかけないようにすると言っていなかったか？」

「こちらにもいろいろと事情があるのだ。許せ」

国王さまに気遣う様子が見られないリクさんは、とてもフランクに接している。

いくら私室に招かれたとはいえ、ここは獣人国の文化が残るベールヌイの地ではなく、一国の王都だ。

二人の関係は良好なのかもしれないが、あまりにもリクさんが普通に会話していて、動揺を隠せなかった。

「そんな接し方で大丈夫なんですか？　相手は国王さまですよ」

「心配するな。公の場で剣でも向けない限り、問題はない」

いつもこんな感じだぞ、と言わんばかりに見つめられても困る。

私はどんな顔で同席すればいいのかわからなくて、思わず国王さまの顔色をうかがった。

「マーベリックの言う通りだ。今さら敬語など使われたら、気持ち悪くて寝れぬ」

どうやら二人は互いに気を使わずに、言いたいことを言い合える関係みたいだ。

お世辞でもなく、本当に気にするような様子は見られなかった。

「確か、レーネと言ったな。其方《そなた》も楽にするといい」

「えっ！　いえ、私はそんな……」

「友好的な関係を築きたいと思わぬ限り、私室には呼ばぬ。礼儀を知らぬ程度で罰するほど、余は愚かではないぞ」

国王さまが寛大な心で提案してくださったので、私も肩の力を抜いて、普通に接するとしよう。下手に拒む方が失礼な行為に繋がりかねないし、後で化けの皮が剥《は》がれるよりはいいと思うから。

「では、お言葉に甘えさせていただきます。実は王族に対するマナーがわからなくて、どうすればいいのか困っていたんですよね」

「フハハハ、それでよい。たとえ貴族であろうとも、植物学士にはマナーなど不要なものであろう。無論、ベールヌイの地でもな」

私の事情もしっかり理解してくださっているんだなーと思っていると、メイドさんが独特なチェック柄のクッキーと紅茶を持ってきてくれた。

普通のクッキー生地とカカオが練り込まれたものを混ぜ合わせたみたいで、見た目がとても可愛《かわい》らしい。それを一つ手に取ってみると、まだ焼いたばかりで温かかった。

珍しいカカオを使用したクッキーを焼き立てで出していただけるなんて、国王さまにもてなされていると言っても過言ではない。

ベールヌイ家に嫁いでから、いろいろと待遇が変わりすぎている私にとっては、恐れ多いことだった。

しかし、クッキーを食べてみると、サクサクしていておいしい。礼儀は不要だと言われたばかりだし、今は深く考えないようにして、ありがたくいただくとしよう。

早くも食欲に負けた私がクッキーに夢中になっていると、顔をしかめた国王さまに見つめられた。

「その様子だと、何も知らされておらぬようだな。ベールヌイ家のことについて、まだ何も話しておらんのか？」

「一気に話しても混乱させるだけだと思い、まだ魔獣化のこと以外は伝えていない。そろそろ言おうと思っていたんだが……。予想外の事態に陥《おちい》って、言いそびれた」

呑気にクッキーを食べている場合ではない気がする。リクさんの言う予想外の事態って、いったいなんだろうか。

もしかして、今日はそういう話し合いをするつもりで、デートに誘ってくれたのかな。

「余にもわかるように説明してくれ。どういうことだ？」

「気にするな。国王には関係のないことだ」

恥ずかしそうにしたリクさんがプイッとそっぽを向いたので、間違いなさそうだ。

ベールヌイ家のことを話そうと時間を取ったはいいものの、互いの思いをぶつけあうという展開に発展して、本題を話すタイミングを見失ったんだろう。

その結果、目を細めた国王さまに、リクさんはからかうような眼差《まなざ》しを向けられていた。

「ほほぉ！　何やら面白《おもしろ》そうなことになっておるのー！」

「うるさい！　国王には関係ないと言っただろ」

「余とマーベリックの仲ではないか。水臭い奴《やつ》め、クククッ」

本当に二人は仲が良いみたいで、パティシエのお爺ちゃんに続き、国王さまにも私との関係をいじられていた。

もしかしたら、今まで魔獣化のことが心配で、リクさんは色恋沙汰に無縁だったのかもしれない。

ベールヌイ家の家臣や領民たちも傷つける恐れがあったため、それどころではなかったんだろう。

物理的な接触に弱いのも、すぐに顔を赤くするのも、恋愛初心者による影響だったとしたら、納得がいく。

まあ、薬草栽培だけで生きてきた私が言える立場ではないが、国王さまは違う。

お節介が好きなオジさんのように、リクさんに突っかかっていた。

「恋路の相談を聞いてやらんこともないぞ？　どうだ？」

「するはずがないだろ、まったく」

国王さまが盛大に煽っているため、やっぱりリクさんは恋愛初心者に違いない。

じゃあ、リクさんの初恋って……わ、私？　ま、ま、まさかね。そんなことはない、よね。

まだリクさんが恋しているかどうかもわからないのに、さすがに自惚《うぬ》れすぎちゃったかな。

勝手に一人で胸の高鳴りを意識している間に、リクさんと国王さまのじゃれ合いも終わる。

これ以上はいじれないと判断したのか、国王さまは優雅に紅茶を口にした後、私の方に顔を向けてきた。

「まあ、こんなことをする余が言うのもなんだが、ベールヌイ家を無下に扱うつもりはない。対等な関係を築いているくらいがちょうどいい」

「王族と対等な関係、ですか。それほど国は、ベールヌイの地に隣接する魔の森が脅威だと考えているということでしょうか」

「それも一理あるが、もっと別の理由だ。マーベリックは、フェンリルという神獣の血を引いた由緒正しき血統ゆえ、丁重にもてなさなければならんと考えておる」

「フェンリル……？　それって、確か建国する際に活躍した伝説の神獣ですよね」

この国が建国されたのは、今から千八百年前のこと。

魔物が大繁殖した時代に、聖女が神獣フェンリルを従え、勇者と共に魔物から人々を守ったと伝わっている。

建国したのも、その脅威から身を守るために力を合わせたことがきっかけだったそうだ。

「其方が思い描いている神獣で間違いないであろう。もし獣人国が存在していたら、ベールヌイ家は王家に値するのだからな」

「じゃあ、リクさんも王さまの家系……なんですね」

「その通りだ。時代や歴史が違えば、マーベリックは獣人国の王として生まれておる」

どうりで国王さまを相手にしても、リクさんは普通に接しているわけだ。

国に公爵家の地位を与えられたとしても、互いに王として認識しているから、対等な関係を築いているんだろう。

今までリクさんにどんな魔獣の血が流れているのか、気にも留めなかったけど、まさか歴史に名を遺す神獣フェンリルだったなんて……。

今更ながら、すごい魔獣をもふもふしていたんだなーと思い、呆気《あっけ》に取られていると、衝撃的な事実に気づいてしまう。

「私、とんでもないところに嫁いでいませんか？」

獣人国の王家の血筋が、薬草栽培に精を出す家系と結婚するなんて、認められる方がおかしい。

そう思ったのだが――。

「そうでもあるまい。かつて、神獣を従えた聖女はアーネスト家の始祖だ。ベールヌイ家とアーネスト家であれば、妥当な結婚だと言える」

国王さまの言葉を聞いて、私の頭は真っ白になってしまった。

建国に携わった聖女の家系がアーネスト家だったなんて、考えてもみなかったから。

おばあちゃんが聖女と呼ばれていたのも、アーネスト家が女性を当主にする伝統があったのも、この国の古い歴史が関係していたのかもしれない。

「アーネスト家って、そんなにすごい家系だったんですね……」

「時代が変わった影響であろう。今となっては、獣人国という国も、アーネスト家が聖女の血を引いていたということも、知る者は少ない。それぞれが別の役割を全《まっとう》うしようとした結果、少しずつ認識が変わってしまったのだ」

国王さまの話を聞いて、私は本当に薬草栽培のことしか知らなかったんだと痛感した。

本来であれば、アーネスト家の当主を引き継ぐ際に教えてもらう話なんだろう。

それまでは薬草栽培に専念させ、立派な植物学士に育てることが、おばあちゃんの教育方針だったんだ。

ヒールライトを栽培することが、アーネスト家に生まれてきた者の宿命なのだから。

「なんとなく理解できました。王家が国を統治して、ベールヌイ家が魔物からの被害を守る。そして、アーネスト家がヒールライトを栽培して、人々の命を助けていたんですね」

真面目《まじめ》な顔をした国王さまが大きく頷いてくれた……と思ったのも束の間、すぐにからかうような表情でリクさんを見つめる。

「ゆえに、聖女の血筋ともなれば、魔獣化したリクを飼っていても不思議ではないぞ。ククク ッ」

「俺は飼われてなどいない。用がないなら、もう帰るぞ」

「そう言うでない。此度《こたび》は大事な話があって、其方たちを呼んだのだ。このあたりで、互いに悪ふざけはやめておくとしよう」

「ふざけていたのは、国王だけだろ」

表舞台だと威厳たっぷりの国王さまは、裏だとすごいユニークな方なんだと思った。

しかし、本当に大事な話があったみたいで、国王さまは険しい表情を浮かべる。

「アーネスト家の血を受け継ぐ者よ。其方は薬草の高騰について、知っておるか?」

「はい。先ほど街で薬草を見てきたばかりです。随分と値上がっている印象を受けました」

やっぱり薬草の値上がり方はおかしいのか……と思うと同時に、エイミーさんの言葉を思い出す。

『国内で薬草栽培を営む人は、急激に減少しているの。今では他国のものを輸入しないと流通が滞るくらいよ。慢性的な薬草不足ね』

ヒールライトのような特殊な薬草でもない限り、輸入に頼るケースは少ない。

命に関《かか》わるものを他国に依存するわけにはいかないし、遠方の地から取り寄せると鮮度が落ちてしまうからだ。

仮にこんな状況が当たり前になってしまったら、疫病が流行った時に治療薬が作れなくなり、国の存亡に関わる恐れがある。

それだけに、国王さまも重大な問題だと認識しているみたいだった。

「先に言っておこう。其方たちを責めるつもりはないし、これは余の責任でもある。それゆえに、協力を願いたいと思っているところだ」

「薬草のことで協力要請……？　いったいこの国に何が起こってるんですか？」

純粋に疑問を抱いたことを聞いただけなのに、国王さまの口は重そうだった。

「其方も知っての通り、アーネスト家で栽培する薬草は、長期間にわたって不作続きだったであろう」

「はい。おばあちゃんが亡くなった後、当時はまだ子供の私が受け継いだこともあって、かなり生産量を減らしました」

「それが一時的であれば、こうはならなかったかもしれないが……。今更悔《く》やんでも仕方あるまい」

不穏な空気を感じながらも、私は国王さまの言葉に耳を傾ける。

「この国で薬草栽培していた筆頭貴族とも言えるアーネスト家が下火になり、徐々に市場が変わり始めた。ヒールライトの流通量が低下したことで、他の薬草の使用量が増え、需要と供給のバランスが大幅に変わってしまったのだ」

今までアーネスト家がヒールライトを生産して、各街に運ばれ、いろいろな治療薬が作られてきた。

そこに問題が生じれば、他の薬草で工面して、薬を作り始めるのは普通のことだろう。

しかし、それだけで市場が崩壊するほど薬草の消費量が増えるとは思えない。一時的に値上がったとしても、薬草が品薄になるとは考えられなかった。

「アーネスト家のヒールライトが流通しなくなった程度で、ここまで薬草が値上がるとは思えないんですが」

「あくまでそれはきっかけにすぎない。この機会に薬草の利権を握ろうとして、栽培量を増やしたところが次々に失敗してしまったのだ」

各地で栽培量を増やそうと試みるのはありがたいが、薬草栽培は決して甘くない。

自分の力量を見誤れば、既存の薬草にも影響を与えて、逆に収穫が困難になるケースが多かった。

最悪の場合、薬草が瘴気《しょうき》を生み出し、周囲一帯に悪影響を及ぼしてしまう。

植物学士が後処理に追われたら、人の命に関与するため、薬草栽培どころではなくなるのも当然のことだった。

瘴気を発生させるまで悪化させるケースは少ないものの、急な需要の変化にうまく対応できなくて、薬草の栽培量を減らしたり、販売できないレベルまで品質を落としたりすることは、十分に考えられる。

その結果、各地で薬草不足が深刻化して、値上げせざるを得ない状況に追い込まれていったんだ。

私も自分の力量以上の薬草を栽培しようとして、手に負えなくなりかけていたところだったので、他人事だとは思えなかった。

「薬を求める民や薬師にとって、急激な薬草の高騰は死活問題に繋がる。そのため、植物学士にクレームが殺到し、辞めていく者が後を絶たぬ状況に陥り、さらに状況は悪化してしまった」

仕方ないとわかっていても、自分の生活に大きく文障を来たせば、文句の一つや二つは出てくるだろう。

命に関わる問題に直結する人もいるから、心の化け物化が進み、植物学士を追い詰めてしまったに違いない。

　この状況が続けば、薬草の奪い合いや窃盗、転売などの問題が発生して、今以上に状況が悪化しても不思議ではなかった。

「なんとかせねばならぬと思い、アーネスト家のサポートに徹して、多額の補助金を費やしておったんだがな……」

　突然、国王さまから身に覚えのない対策を聞かされた私は、血の気が引いてしまう。

　薬草菜園を管理していた私の元に補助金が回ってきていない時点で、お父様や義妹たちの裕福な生活に使われていたと、容易に推測することができる。

　ドレス・宝石・酒……と、次々に思い当たる節が出てきたため、思わず勢いよく頭を下げた。

「す、すみませんでした……！」

　自分の知らないところで起きていたとはいえ、血の繋がっていた者が悪事を働いていたのであれば、さすがに無関係だと言い切ることはできない。

　補助金の返還を求められてもおかしくない大事件に、私は頭を下げることしかできなかった。

「初めに言うた通り、其方を責めるつもりはない。ベールヌイの地に移り、立派なヒールライトを育ててくれたことに感謝しておる。これは悪事を見抜けなかった余の責任でもあるからな」

　国王さまが優しい方でよかった……と、心の底から安堵《あんど》する。

　しかし、ここまで根深い問題になってくると、まったく責任を取らなくてもいいという問題ではない。

それがわかっているから、国王さまも協力要請という形にして、問題を解決させることを優先しているんだと思う。

「ともかく今は薬草の高騰を抑制するために、少しでも明るいニュースを必要としておる」

「それでヒールライトの現物が必要だったんですね」

「アーネスト家が没落した情報だけが広がっておる以上、仕方あるまい。すでに懸念を抱くものが増えているため、今以上に薬草が値上がる恐れがある。早めに手を打っておくべきであろう」

前回、王都で開かれたパーティーでアーネスト家の面々が捕縛された姿は、大勢の人に目撃されている。アーネスト家が没落した噂が広がるのも、無理はなかった。

これまでの話を聞いていると、いろいろとどうしようもできないことが重なり、薬草の高騰に拍車がかかったと理解することができる。

現在の状況を考えたら、どんな対応を取ったとしても、すぐに立て直すのは困難なことだ。

しかし、放っておくわけにもいかないし、迅速《じんそく》な対応が求められている。

「そこで相談なんだが、ヒールライトを育てられる植物学士を育成してはもらえぬだろうか」

国王さまの提案を受けて、私は顔をしかめることしかできなかった。

縁が切れたとはいえ、元家族のやらかしたことであれば、協力したい気持ちはある。

でも、人の心に影響される薬草の特性を考えると、国王さまの相談は難しいものだと思ってしまった。

「私も育てられるようになったばかりですし、ヒールライトは扱いが難しい薬草です。協力したいのはやまやまですが、難しい試みだと思います」

「余も同意見であり、其方に負担をかけたくはないと思っておる。だが、此度の対策には、万全の措置を講じねばならん。一つの解決策として、手を貸してほしい」

心の悪しき人が来て、既存のヒールライトに影響することだけは、絶対に避けたい。

でも、国王さまに強く要望を出されたら、王国民の一人として、断ることはできなかった。

「一度挑戦してみて、難しければ断念する、といった形でも大丈夫ですか？」

「構わん。手配する植物学士が邪魔になるようであれば、すぐに送り返してくれ。こちらにもいろいろと事情があってな……」

国王さまがそうボヤくと同時に、コンコンッとノックされ、扉が開く。

すると、なぜか薬草を見ていた時に出会った妖艶な女性、エイミーさんが入ってきた。

「先ほどぶりね。マーベリックさん、レーネさん」

「なるほどな。俺たちのことは、予《あらかじ》め国王から聞いていたのか」

「えっ？　じゃあ、国王さまが手配した植物学士は、エイミーさんってことですか？」

ニコッと笑うエイミーさんを前にして、国王さまは安堵するように溜《た》め息《いき》を吐《つ》いた。

「どうやら余のいないところで、顔合わせを済ませたようだな」

「本当に顔を合わせた程度ですよ。まだ名前以外はほとんど知らないので」

正直に言うと、変な人、という印象しか残っていない。急に現れたと思ったら、嵐《あらし》のように去っていったから。

しかし、国王さまが同席している影響か、エイミーさんはお淑やかに振る舞っている。貴族らしくスカートをつまみ、優雅に一礼した。

「では、改めまして。私はウォルスター男爵家の長女、エイミー・ウォルスターよ。まだ人族との距離感に慣れていないから、無礼だったら教えてほしいわ」

妙に引っ掛かる自己紹介を受けて、私とリクさんは顔を合わせて、互いに首を傾げていた。

「人族との距離感、ですか？」

「ええ。私には、魔族の血が半分流れているのよ」

ええええっ⁉　と驚きたい気持ちがありつつも、その妖艶な雰囲気はそこから来ていたのかと、納得するものがあった。

「あら？　あまり驚かないのね」

「そうですか？　十分に驚いていますよ」

私の旦那さまは魔獣の血が流れているので、変な親近感が湧《わ》いているだけです。どちらかといえば、見た目が完全に人であることに疑問を抱いていますよ。

獣人と違って、大きな耳や角がないんだなーと眺めていると、リクさんが難しい顔をしていることに気づいた。

「魔族の血、か。ならば、魔蝕病《ましょくびょう》に冒されているのか？」

魔蝕病？　そんな名前の病気、植物学士の試験にも、薬師の試験にも出てこなかった気がするけど。

「今は進行が緩やかになって、だいぶ落ち着いているわ」

「そう簡単に言えるようなものではないはずだぞ」

「本当のことよ。こんなことで嘘をついても仕方ないじゃない」

魔蝕病という聞き慣れない言葉に、私だけ取り残されている気がする。

ここは思いきって聞いてみよう。

「あの～、魔蝕病というのはなんでしょうか？」

「そうね。わかりやすく言うと、魔族になっちゃう病気かしら」

「魔族になる病気……？」

これから獣人みたいに角や耳が生えてくるってことなのかな。でも、それだと病気とは言えないような気がする。

ますますわからなくなった私は、素直にリクさんに助けを求めることにした。

「どういう意味でしょうか」

「なんて説明したらいいのか……。まず俺たち獣人に流れる獣の血は、基本的に共存関係にあるため、決して己《おのれ》の体を傷つけはしない。しかし、魔族の血は違う。成長するに従い、魔族の血が支配しようとして、体を蝕《むしば》み始めるんだ」

簡単にいえば、エイミーさんの体内で魔族化が進み、魔族の血が体を傷つけてしまう、ということかな。

「年を重ねるごとに体を蝕む量が増え、常に激痛を伴うと聞く。その痛みに耐え抜いた者だけが魔族になるらしいが、実際にどうなるかはわからない」

「えっ？　ど、どうしてですか？」

急に恐ろしい話に変わり、私はゴクリッと唾を飲み込む。

しかし、肝心の本人は気にした様子を見せず、机の上に置かれたクッキーに手を出していた。

「単純よ。とっても痛いから、我慢できなくなるの」

そう言いながらクッキーを頬張《ほおば》る姿は、激痛を我慢しているようには見えなかった。

どうやら本当に魔蝕病は落ち着いていて、クッキーを食べる元気もあるみたいだ。

でも、リクさんの深刻な表情を見れば、簡単に治る病気とは思えない。魔蝕病の痛みに我慢できなくなった結果、何が起きるのかを考えると……、恐ろしくて背筋がゾクッとした。

大丈夫なのかなーと心配の眼差しを向けていると、急にエイミーさんに近づかれ、両手をガシッとつかまれる。

「私ね、レーネさんに会ったら、言おうと思っていたことがあるの」

「な、なんですか、急に。ちょ、ちょっと怖いんですけど」

グイッと顔を近づけてくるエイミーさんに、私は自然と体を反らしてしまう。

薬草不足の原因もわかっているみたいだったし、こうして紹介された以上は、彼女も植物学士だと判断して間違いない。

私がアーネスト家の人間だと知っていたから、きっとヒールライトが不作続きだったことに怒って——。

「本っっ当に助けてくれてありがとう」

「……はい？」

怒りをぶつけられると思っていた私は、唐突にお礼を言われて、目が点になってしまう。

出会ったばかりの彼女に対して、私はまだ何もしていない。でも、エイミーさんのキラキラとした瞳《ひとみ》を見れば、好意を向けられていることくらいはすぐにわかった。

「私が療養している間に、ヒールライトのお世話になっていたの。今でも忘れないわ。義父がヒールライトで新しい薬を作ってくれたらね、痛みがすっごく楽になって、生まれて初めてぐっすりと眠れたのよ。眠るって幸せなことなんだと実感したわ」

当時のことを思い出しているのであろうエイミーさんは、本当に幸せそうな笑みを浮かべている。

彼女の年齢を考慮したら、療養していた時期は、きっと私が一人で薬草栽培をしていた頃だ。

おばあちゃんが急死して、薬草の生産量と共に品質も低下したはずだったけど……。

そっか。あの頃に育てていた薬草たちは、無駄じゃなかったのか。

「魔蝕病の治療ってね、すごい量の薬を毎日飲むのよ。それも半分の量まで減って、今では……」

両手をギュッと握り締めたまま、熱く語られるのは、さすがに照れ臭い。でも、エイミーさんの言葉を聞けて、私の方が救われたような気がした。

こういう展開に慣れていなくて戸惑っていると、国王さまも心配していたのか、頬《ほお》を緩める。

「訳ありの娘ではあるが、真面目な性格だ。半年前に行なわれた植物学士の試験では、学科・実技ともに満点の成績を収めておる」

「ま、満点っ⁉」

植物学士の国家資格は、合格率が常に一桁《けた》台であり、九割以上の人がギリギリ合格だと言われている。

瘴気を生み出す可能性がある以上、どの国でも厳しい試験にしているため、満点なんて夢物語だと言われていた。

「すごく頭がいいんですね」

「そう？　レーネさんは八歳で植物学士と薬師の試験に合格したって聞いているわ」

「う、うちはそういう家系だったんですよ」

私は物心ついた時からおばあちゃんの手伝いをしていたので、実技試験は完璧《かんぺき》だった。

それで学科試験をカバーしていただけで、自慢できるほどのものではない。

もちろん、薬師の試験はおばあちゃんの専門外だったから、自分でも頑張ったと胸を張って言えるけど。

きっと国王さまが彼女を紹介してくれたのも、優秀な植物学士で、私と年齢が近い人を探してくれた結果なんだろう。

「国としては、期待の意味も込めて、良い師に巡り会ってもらいたいと考えておる。ベールヌイの地であれば、魔族の血が流れていても受け入れられやすいであろう」

昔は亀爺さまも魔族と交流していたみたいだし、私もすんなりと受け入れられているので、心配する必要はない。

薬草を育てるために必要な心も、ヒールライトで病気を改善させた彼女なら、きっと……。

「だが、懸念すべき点もある」

私が希望を抱き始めていると、国王さまが険しい顔をして、エイミーさんを見つめた。

「本来、人族と魔族の間に子を授かるケースは稀であり、魔蝕病の情報が著しく少ない。隠居した元宮廷薬師に任せなければならないほど、難しい状況であった」

「それでウォルスター男爵の下《もと》にエイミーさんを預けて、療養に専念させていたんですね」

「うむ。魔蝕病は改善しているとの報告を受けているが、今後はどうなるかわかるまい。万が一のことを考慮して、ベールヌイの地に預けるべきだと判断した」

万が一のこと……。魔獣化で暴走するリクさんのように、エイミーさんが魔族化で暴走する可能性があるってことか。

国の精鋭騎士で対処するより、魔獣化の暴走を抑え続けるベールヌイの騎士の方が心強いのかもしれない。

まだリクさんの魔獣化の件も解決していないだけに不安が募るけど、悪いことばかりじゃないと思う。

「ヒールライトで魔蝕病が抑えられるなら、品質や鮮度の良いものを使うことで、更なる改善が期待できるかもしれません。少なくとも治療薬ができているのであれば、進行を遅らせられる可能性は高いと思います」

魔獣の血と魔族の血で症状が変わるけど、どちらもヒールライトの魔力に治癒効果があるのだとしたら――。

「其方の考える通りだ。すでにウォルスター男爵が開発した薬のレシピももらっておる。これがうまくいけば、マーベリックの魔獣化を完治させられるやもしれん」

そう言った国王さまは、私に一冊のノートを手渡してくれる。

中を開いてみると、魔蝕病の薬を研究した内容がビッシリと書かれていた。

爵位を得るほど功績を上げた元宮廷薬師が書いただけあって、とても丁寧でわかりやすい。

魔蝕病を治療したいというウォルスター男爵の想《おも》いが、十分に伝わってくるほどだった。

目を通すだけでも時間がかかりそうだけど、二人の悩みを解決させられるチャンスだ。

ここまで研究したウォルスター男爵のためにも、魔蝕病の改善に取り組んでみよう。

希望の光が見えてきて、私は思わず笑みがこぼれる。

一方、不審に思うことがあるのか、リクさんは険しい顔をしていた。

「素朴な疑問なんだが、彼女はいったい何者なんだ？　わざわざ国がウォルスター男爵に治療依頼を出すなど、普通では考えられないことだぞ」

「当然の疑問であろう。しかしだな、いくらマーベリックとはいえ、詳しいことは伝えられない。とある高貴な魔族の娘、とだけは言っておこう」

「わざわざウォルスター男爵が養子にするほどにか？」

「いや、それは余も誤算であった。随分とウォルスター男爵に気に入られたみたいで、何とか魔蝕病の治療をしてやりたいと、懇願されてしまったのだ」

どうやらエイミーさんがいい子すぎて、ウォルスター男爵は本当の娘のように溺愛してしまったらしい。

確かに、遠慮せずにクッキーをパクパク食べる姿は、純粋無垢《むく》でとても愛らしいものがあった。

「なるほどな。ウォルスター男爵に彼女の治療を押しつけた以上、彼らの願いを断り切れない状況に追い込まれた、というわけか」

「その認識で間違っておらん。今後、魔族と良好な関係を築くためにも、彼女を治療するに越したことはない」

政治的な意図もあるみたいだけど、私のやることは変わらない。ヒールライトを栽培して、治療薬の開発を目指すだけだ。

リクさんも魔獣化の問題を解決するためには、ここで断るという選択肢はないだろう。

「素性が確かなのであれば、ベールヌイ家で受け入れることに問題はない。ただし、魔蝕病の進行が止められるかどうかまではわからない。最悪のケースも想定しておいてくれ」

「こちらもすべて承知の上だ。何かあった時は力を貸そう」

国王さまの頼み事をリクさんが引き受けたことで、私たちは一致団結することになった。

薬草の値上がりを防ぐため、後世にヒールライトを残すため、そして、魔蝕病と魔獣化を治療するため。

それぞれの思惑が重なる中、ベールヌイの地で大きなプロジェクトが動き出――。

「ところで、彼女はどうやってベールヌイの地に足を運ぶつもりだ？」

良い形で話が終わろうとした時、突然、リクさんがさりげない疑問を口にした。

その瞬間、私は妙な胸騒《むなさわ》ぎがしてしまう。

出会ったばかりのエイミーさんに嫌悪感を抱いているわけではないし、蔑《ないがし》ろにしたいわけでもない。早く良質なヒールライトで薬を作り、治療を進めたいと思っている。

でも、魔獣化したリクさんにエイミーさんと相乗りして帰るのは、ちょっと違う気がする。

あれは夫婦の大切な時間というか、妻にだけ許された行為にしたいというか、ただの独占欲というか……。

リクさんも、出会ったばかりの女性にもふもふされたくない、と言わんばかりに嫌そうな顔をしていた。

「何を気にしておるのだ。魔獣化して帰ればよかろう」

しかし、国王さまの言葉で、アッサリと彼女も同乗することが決まるのであった。

＊＊＊

暗くなり始めた王都を離れ、魔獣化したリクさんにまたがった私たちは、ベールヌイの地に戻ってきた。

「風が気持ちよかったわね。良い経験をさせてもらったわ」

無論、うちで薬草栽培の勉強をすることになったエイミーさんと一緒に、である。

私の特等席が……と、リクさんを独占したい気持ちで溢れていたものの、これぱかりは仕方ない。

国王さまにも『心の広い女性の方が好かれるぞ？』と、悪魔のように囁《ささや》かれたので、しぶしぶ許可を出さざるを得なかった。

しかし、妖艶な彼女に迫られたら、物理的な接触に弱いリクさんが恋に落ちそうで怖い。でも、リクさんに悪い印象を与えたら、元も子もない。

そのため、王都を離れる前に、私はエイミーさんと二人で話す場を設けてもらっていた。


『リクさんの背中に乗るのは、今回だけですからね』

『あらっ、何か問題があるの？』

『私とリクさんは結婚していますので、他の女性が触れ合う機会が多いというのは、何と言いますか……。よろしくないのではないかなーと思いまして』

『ああ、そういうことね。別に嫉妬《しっと》しなくても大丈夫よ。私は薬草栽培の勉強と治療のために行くんだもの。恋愛なんて興味ないわ』


裏表がなさそうなエイミーさんは、スパッと言い切ってくれた。

本当に興味がなさそうだったので、変な問題が起きることはないだろう。

エイミーさんは恋の好敵手ではない。薬草の勉強に来た留学生みたいなものだから、敵視することなく、教える立場に専念しようと思った。

そんな彼女と一緒にベールヌイ家の屋敷に足を踏み入れた後、家臣たちに向けて、リクさんにこれまでの経緯を説明してもらう。

国王さまの言っていた通り、魔族の血が流れていたとしても、誰も蔑《さげす》むことはない。みんなも納得したみたいで、しばらくエイミーさんが屋敷の客間に滞在することが決まった。

久しぶりにお客様が訪れるのか、侍女たちは嬉《うれ》しそうにしているので、彼女たちに屋敷の案内と共に、エイミーさんの日常生活を補佐してもらうことになった。

ドタバタとした時間が過ぎていき、みんなが寝静まる夜になる頃。屋敷をコッソリと抜け出した私は、薬草菜園に足を運んでいる。

いい子で留守番していた薬草の様子を見に来たわけではない。ベリーちゃんとお守り作りの約束をしていたのだ。

しかし、今日は忙しくて作業が進まなかったため、夜分に針と布を持ち出して、せっせと裁縫している。

そんな私の姿を見守るベリーちゃんから、厳しい眼差しを向けられていた。

「まだお守りを縫っておる段階か。随分とゆっくりやっておるんだのぉ」

ベリーちゃんに小言を言われてしまうが、私に裁縫スキルはない。自分の手で編むのではなく、魔法を使った作業の方が得意だった。

魔物の皮を素材にしていれば、おばあちゃん直伝《じきでん》の火魔法ですぐに終わらせることができたのだが、それはベリーちゃんに反対されている。

燃えやすい布を使うべきだと言われたため、今回は手作業でやることを求められていた。

「今までこういう作業は火魔法でやっていたので、裁縫は不馴れなんですよね。どうしても時間はかかってしまいますよ」

「情けない奴よのぉ」

「急いで作業して、縫い目が曲がるよりマシです」

私が慎重になりすぎて、時間をかけているのは間違いない。でも、リクさんが使ってくれるのなら、ちゃんとしたものを渡してあげたかった。

金色に輝くヒールライトの魔力を明かり代わりにしながら、私は着実にまっすぐ縫っていく。

その一方で、ベリーちゃんはまた薬草菜園に入り、ウロウロしていた。

「ベリーちゃんは何を探しているんですか？」

「根本が銀色に輝くヒールライトを探しておるのだ」

「銀色……？　仮に薬草の種類によって魔力の色が違ったとしても、そんな色は存在しないと思いますよ」

ヒール種の薬草は、それが持つ魔力色によって名付けられたものだと推測できるが、全部で八つだ。

虹色の七色がつけられた薬草と、金色に輝くヒールライトに分類されているだけで、銀色がつけられたものは聞いたことがなかった。

「ある種の突然変異のようなものだ。我でも一度しか見たことがないゆえにな」

「そうですか。お守り作りを教える代わりに、銀色のヒールライトを報酬でいただこうという作戦ですね？」

「ほほぉ。そういうところは頭が回るようだな」

「誰でもわかりますよ。残念ながら、薬草菜園の管理者である私でも、銀色のヒールライトなんて見たことがありません。ここにも咲いていないと思いますよ」

「構わぬ。それはそれで運命であろう」

サッパリとした性格のように感じるが、ベリーちゃんは何度も行ったり来たりして、諦《あきら》められない様子だった。

そもそも、ヒールライトは絶滅危惧種に指定されているため、どこの国を探しても栽培している人は少なく、稀少な薬草だ。

その突然変異で銀色に輝くなら、私が欲しいくらいなんだけど。

まあ、ヒールライトの魔力を用いたお守りがリクさんに贈れるならいいか……と諦めると同時に、ベリーちゃんと視線が重なった。

「あれからリクとやらの関係はどうなのだ？」

私の心を読んでいるかのようなタイミングである。

「急になんですか」

「丁寧にお守りを縫っておるところを見ると、よほど大事な人なのかと思ってな」

改めてそう聞かれると、私は複雑な感情を抱いてしまう。

リクさんが大事な人であることには変わりない。デートでも良い雰囲気だっただけに、親しい関係になっている実感はあった。

でも、実際にリクさんがどう思っているのかは、別の話である。

こんな風に思ってしまうのも……、うぐぐっ。王都の帰り道に、魔獣化したリクさんと二人旅ができなかった影響だろう。

たったそれだけのことで、こんなにも不安になるなんて、情けない。

「関係性は悪くないと思うんですけど、ハッキリとしないいんですよね。自信を持って好かれているとは言いにくいんです」

「また難儀なことを言う奴だのぉ」

「大切にされているとは実感しています。でも、それを言葉にしてくれないんですよ」

「男とはそういう生き物であろう」

「そうでしょうか。私には曖昧《あいまい》な言葉を使う気がします。すぐに目を逸らしたり、顔が赤くなったりはするんですけどね」

マノンさんにもジャックスさんにも国王さまにも、リクさんはビシッと言う。

でも、私の質問には答えてくれないし、まだ好意的な言葉も聞いていない。

「急に簡単な問題になったな。照れておるだけであろう」

「今は互いに好みを探りあっている最中です。リクさんは体を寄せるのが弱いとわかりました」

「我は惚気話《のろけ》を聞かされておるのか？」

「問題があるとすれば、先手を打たれて、私の食の好みがバレてしまったことですね」

「我、もう帰ろうかな」

「もうちょっとで縫い終わりますから、待っていてください。話を掘り起こしたのはベリーちゃんなんですから、ちゃんと聞いてくださいよ」

ベリーちゃんはとても嫌そうな顔をするが、男性の意見を聞く良い機会だ。

ここは素直に相談するとしよう。

「不本意な形ではありましたが、私はすでにリクさんに気持ちをぶつけています。それなのに、何も言ってくれないのは、ズルいと思いませんか？」

リクさんが旦那さまだと気づかなかった私は、本人に対して、その素敵な人柄を力説してしまったことがある。

今日のカフェでも『随分とハードルが高いようだが』と言っていたので、間違いなく気持ちは伝わっているだろう。

でも、リクさんは素直に聞いても、絶対に教えてくれない。

男とはそういう生き物だと言われても、女の私が納得できるはずもなかった。

断固として納得できない姿勢を見せていると、ベリーちゃんは大きくため息を吐く。

「相手に見返りを求めないと、愛情を注《そそ》げぬわけではあるまい。もっと自分の気持ちを大事にせい。なんのためにお守りを作っておるのだ、まったく」

呆《あき》れ顔のベリーちゃんに正論を言われ、私はぐうの音も出なかった。

家族として、妻として、実家から助けてもらった恩を返したい。その気持ちは、ずっと持っていたはずだったのに……。

「ベリーちゃんって、意外に大人ですね」

「意外は余計だ」

まさか非常識っぽいベリーちゃんに諭《さと》されるとは思わなかった。

本日の勉強代として、もし銀色のヒールライトが見つかったら、喜んで差し出すとしよう。

「ふぅ〜。ようやくお守りが縫い終わりました」

「うむ、上出来であるな。後は魔力が豊富なヒールライトを準備しておくといい。我はもう疲れたゆえ、今日は帰るぞ」

今日もまたベリーちゃんは、歩いて帰ることなく、闇夜《やみよ》にスーッと消えていく。

私の見間違いではないし、早くて目で追えなかったわけでもない。暗闇《くらやみ》に溶け込むようにして、その存在が消えてしまう。

いろんな意味で不思議な人だな、と思いつつも、悪い人には見えなかった。

しかし、こうして改めて会うと、獣人ではないのは明らかだった。

第四章 ✦ ヒールライトの栽培

日が昇り始めた早朝。あまりの寒さに息が白くなる中、私は繁殖したミノタウロスの討伐に向かうリクさんと騎士団に対して、別れの挨拶《あいさつ》をしていた。

「今日から遠征に向かい、周辺地域の調査を行なう。一週間ほどで戻ってくる予定だ。何か問題が起きた時は、遠慮せずマノンに言ってくれ」

「わかりました。お気をつけください」

リクさんも騎士のみんなも平然としているので、これがベールヌイの地に住む人たちの日常なんだと実感する。

私も早く慣れなきゃ……と思う反面、心が付いてこない。こうしてリクさんと離れ離れになるのは、これが初めてのことだった。

魔物の住み処を叩《たた》くなんて危ないだろうし、魔獣化が暴走する危険もある。

王都に行った時は魔獣化も落ち着いていたので、ヒールライトの粉末を飲んでいれば、問題はないと思うんだけど……。

必死に不安な気持ちを抑えようとしていると、それが顔に出ていたのか、私の頭にリクさんの手がポンッと乗った。

「心配するな。魔獣化で暴走するような気配はない。必ずみなで無事に帰ってくる」

「……お待ちしております」

旦那さまを信じて待ち続けるのも、妻の役目である。

彼のことは騎士たちに任せて、私はやるべきことをやろう。

次回の遠征には、お守りを持って行ってもらいたいし、薬草栽培にも力を入れないといけないから。


リクさんと騎士団の姿が見えなくなるまで見送った後、冷たくなった手を握り締め、私は屋敷の中に戻った。

まずはエイミーさんと一緒に、ヒールライトの栽培に取り掛かろう。彼女が手伝っても大丈夫か、薬草たちにも確認を取らなければならない。

そう思って、朝ごはんを食べるエイミーさんの元へ向かうと――。

「ふぁ～～～……」

朝は苦手なのか、大きな欠伸《あくび》をして、ゆっくりとベーコンエッグマフィンを食べていた。

植物学士の朝は早いだけに、今後の彼女が心配である。

「ああー……レーネさん、おはよー……」

「おはようございます、エイミーさん。今起きたばかりですか？　目が線みたいになっていますよ」

妖艶《ようえん》な彼女からは想像できない表情で、本当に目が開いているのかわからないほどだった。

「うーん、昨晩からちょっと体がおかしかったのよね……。たぶん、近くにヒールライトが咲いているんじゃないかしら」

「そうですね。裏庭で薬草菜園を営んでいるので、その影響が出ているのかもしれません。きっと空気中にヒールライトの魔力が含まれているんでしょう」

リクさんの魔獣化が落ち着く要因の一つとしても、生活圏内でヒールライトを栽培し、それが金色の魔力を放っていることだと推測している。

魔蝕病もその影響を受けるのであれば、この地で暮らすだけでも、エイミーさんも良い方向に向かう……と、思っていたんだけど。

どちらかといえば、エイミーさんはダメージを受けているのか心配になるほど、体調が悪そうだった。

「魔蝕病の治療としては、最適な環境だと思うわ。でも、ちょっと効きすぎかしら。魔族の血が落ち着きすぎちゃって、力が入らにゃいのよね……」

「予想外の展開ですね。じゃあ、ヒールライトの栽培は、もっと体が慣れてからにしましょうか」

「ううん、大丈夫よ。気合いで乗り越えることも、時には必要なことだわ」

本当に大丈夫かな……と思いながら眺めていると、朝ごはんを食べ進めるうちに、少しずつエイミーさんは元気を取り戻していく。

本当はお腹《なか》が空いていただけでは？　と思うのは、私だけだろうか。

無理をして悪化させるわけにはいかないので、今後は侍女のみんなにも注視してもらうようにお願いしておこう。

そのまま朝ごはんを食べ終わる頃、エイミーさんはスッカリと元気になっていた。早速、裏庭で栽培する薬草菜園に連れていくと、パアッと明るい笑みを浮かべて、ヒールライトに感動してくれる。

「わあっ！　ヒールライトって、こんなにも綺麗《きれい》に咲くものなのね！」

目を輝かせるエイミーさんの姿を見れば、本当に薬草が好きなんだとよくわかる。

自分の命を助ける薬草としてではなく、植物学士として、純粋にヒールライトに興味があるみたいだった。

「これだけのヒールライトを一人で育てるなんて、やっぱりレーネさんはすごいわ！」

「私もちゃんと育てられるようになったのは、最近のことですよ。あまり期待しないでくださいね」

「それは無理な話よ。ヒールライトは、各国で絶滅危惧種に指定されているくらい栽培が難しいんだもの。いくら褒め称えても足りないわね」

エイミーさんが素直な気持ちを伝えてくれるのは、とても嬉《うれ》しい。でも、その言葉を直接受け取るのは、照れ臭いものだと知った。

私が旦那さまのことを力説していた時、リクさんもこんな気持ちだったのかもしれない。

自然と顔が赤くなり、自分でも火照《ほて》っているとすぐにわかる。

「ヒールライトのイメージがガラッと変わるほど驚いているわ。もちろん、良い意味でね。これほど綺麗に咲き誇っていると、大きな山から眺める景色よりも素敵な光景で……」

一方、褒めちぎってくるエイミーさんは違う。

薬草のことになると周りが見えなくなるみたいで、先ほどまでの脱力していた姿が嘘《うそ》のようにやる気に満ちている。

早速、持参したバッグから魔力測定器やらスケッチする紙を取り出して、ヒールライトが咲き誇る光景を絵で描き始めるほど、テキパキと動いていた。

そんなエイミーさんの姿を見て、ヒールライトの栽培方法を教える立場にある私は、教育方針について考え始める。

このまま薬草の観察を続けさせるより、先におばあちゃんから受け継いだ栽培方法について、詳しく説明しておいた方がいいかもしれない。

おばあちゃんから教えてもらった栽培方法は、魔力測定器といった機材を使わないし、植物学士の常識を覆《くつがえ》すことになるから。

「うちの家系は特殊な栽培方法で薬草を育ててきたので、エイミーさんにとっては、非論理的だと受け入れがたいものになるかもしれません。それがどんな方法であったとしても、ちゃんと現実を受け入れてくださいね」

「構わないわ。実際に立派に育ったヒールライトを見れば、疑う余地がないんだもの。でも、ほ、本当に教えてもらってもいいのかしら。代々受け継いできた方法なのよね？」

「基本的な栽培方法を伝えるだけですから、問題ありません。私もまだまだわからないことが多いですし、ヒールライトの育つ環境が増えるのは、決して悪いことではないと思っています」

清らかな心を持ち続け、薬草を信じて栽培を続けるというのは、誰《だれ》にでもできることではない。

私も一歩間違えば、ヒールライトを枯らして、瘴気《しょうき》を作り出す恐れがあった。

おばあちゃんから教えてもらったといっても、栽培技術や知識をすべて受け継いだわけではないし、今後も何が起こるかわからない。

アーネスト家が没落した以上、今のうちにヒールライトの栽培者を増やすべきだ。

それがアーネスト家に生まれた私の使命であり、ご先祖様の願いに繋《つな》がるような気がする。

力強く頷《うなず》くエイミーさんには、その最初の協力者として、ヒールライトの栽培に挑んでもらいたい。

「わかったわ。ヒールライトを栽培するために、全力で協力すると約束する。それで、まずは何をすればいいの？　魔力の測定？　土の性質調査？　それとも、水分量の確認？」

次々にバッグから機材を取り出すエイミーさんには申し訳ないが、おばあちゃんの教えに理論的なものは存在しない。

すべては、直観、である。

「えーっと……あえて言語化するのであれば、薬草との対話、ですかね」

「た、たいわ……？」

早くもエイミーさんがポカンッとしてしまったので、百聞は一見に如《し》かずと思い、私は水やり用の水球を魔法で作り出す。

「ちょ、ちょっと、レーネさん⁉　水分量の計算は？」

「難しいことを考えるのは、試験だけにしておきましょう。ヒールライトを栽培するには、薬草に心を開かないとできないんですよ」

水球を打ち上げ、魔法で水の雨を降らせた後、私はいつもと同じように薬草に問いかける。

「まだ水が欲しい子はいるかなー？」

至るところでガサガサガサッと揺れる薬草を見て、エイミーさんはキョトンッとしてしまった。

「こんな形でヒールライトと対話しながら、栽培していきます。魔力の濃さとか水温とかは、経験でなんとなくやっていることが多いので、あまり参考にならないかもしれませんね」

「……」

あまりにもエイミーさんが唖然《あぜん》としているので、適当すぎると思われたかな……と、心配してしまう。

植物学士は論理的な家系が多く、こういった感覚で栽培することを嫌う傾向にあった。

ウォルスター男爵の研究資料にも、とても詳細なデータが書かれていたので、エイミーさんが頭を抱えてもおかしくはない。

こんないい加減な方法で薬草を育てていいはずがない、と怒られても不思議ではなった。

どう思っているのか気になり、エイミーさんの顔を覗《のぞ》き込んだ次の瞬間、興奮した彼女にギュッと手を握り締められる。

「レーネさん、すごいわ！　本当に薬草と対話しているのね！」

満面の笑みを向けてくれたエイミーさんは、まるで子供の頃の自分を見ているみたいだった。

「いえ、レーネさんなんて失礼だわ。教えてもらうのだから、先生よ！　今日からレーネ先生と呼ばなきゃ！」

ちょっぴり純粋すぎるような気もするが、薬草栽培に関しては、プラスになると思う。

そんな心を持つ彼女であれば、ヒールライトも応《こた》えてくれるかもしれない。

急激に尊敬され始めて、先生と呼ばれるのは恥ずかしいけど、彼女の期待に応えられるように私も頑張ろう。

「薬草と対話するには、魔力を薄く散布させて、薬草の反応を見る形が基本になりますね。でも、薬草に一定以上の魔力が含まれることで、それも不要になります。自分の魔力を消費して、意思を伝えてくれるようになりますよ」

栽培者と薬草の信頼関係にも影響するため、魔力を共有しただけで反応してくれるとは限らない。

何度も魔力を薄く散布させ、薬草に対話する意志を示さなければならなかった。

本来であれば、スイート野菜も同じこと。今まで私が育ててきた種から栽培しているから、裏山で育てた時はすんなりと対話できているだけだ。

「じゃ、じゃあ、本当に薬草と対話してるのね！」

エイミーさんの疑問に対して、力強く頷いてあげたいものの、実際のところはわからない。

まだまだ未熟な私には、完全に意思疎通していると断言することができなくて、苦笑いを浮かべてしまう。

「どうなんでしょうね。私の魔力に反応して、なんとなく揺れているだけなのかもしれません。でも、何かを伝えてくるような感覚はあるので、思いが通じ合っていると考えています」

薬草の気持ちを自分勝手に解釈している可能性もゼロではない。人のように表情が見えたり、声が聞こえたりしないため、確証できるものがなかった。

大人になったからこそ、こうして余計なことを考えてしまうのかもしれないが……、私も薬草と心が通じ合っていると信じたい。

だって、薬草は心を持たないと証明されたこともないのだから。

「一つだけ確かなことは、ヒールライトは我儘《わがまま》な薬草です。機嫌を損ねないように気をつけてくださいね」

ガサガサガサッ

早く水が欲しい、と言いたげに薬草が揺れているため、私は水やりを再開する。

エイミーさんと話し続けていた影響か、今日は一段と構ってほしそうに揺れていた。

「順番にあげていくから、大人しく待っててね」

いつもと同じように薬草と接しているものの、エイミーさんはその雰囲気に慣れないみたいで、ずっと期待に満ちた眼差《まなざ》しを向けてきている。

これだけ薬草のことに熱心な女の子は、貴族でも平民でも珍しい。ウォルスター男爵が養子にしたのも、彼女が本当に薬草が好きだとわかったからだろう。

元宮廷薬師の彼らにとって、それが何よりも嬉しかったに違いない。

そのまま薬草菜園を歩き回り、水やりを終えると、エイミーさんが近づいてきた。

「薬草と心が通じ合っているなんて、素敵ね！　私も早く薬草と対話できるようになりたいわ。もっといっぱいヒールライトのことが知りたいの」

真剣な表情で訴えかけてくるエイミーさんは、純粋なヒールライトへの想《おも》いで溢《あふ》れていて、とても意欲的だった。

おばあちゃんの栽培方法にゆっくりと慣れていってもらおうと思っていたけど、論理的な考え方をすぐに捨てられるほど、彼女は順応性が高い。こういう子が薬草栽培に集中して取り組めば、意外に短期間でヒールライトを育てられるようになる気がした。

栽培経験の少なさは私がカバーすればいいし、失敗も成功も経験して、多くのことを学んでもらった方がいい。

私にとっても初めての試みなんだから、いろいろと挑戦してみる価値はあると思う。

「エイミーさんを受け入れてくれるヒールライトがあれば、栽培に挑戦してみますか？」

「えっ！　いいの⁉」

「植物学士の試験を通っているなら、基礎的な内容を教える必要はありません。ヒールライトに特化した形の栽培方法となると、実際に栽培した方がいいと思います」

ヒールライトと信頼関係を結ぶのであれば、栽培者にならなければならない。

私が栽培する姿を見たり、手伝ったりするだけでは、薬草たちも認めてくれないと思う。

焦《あせ》る必要はないけど、いつかエイミーさんがヒールライトを栽培すると考えたら、早い段階からいろいろな経験を積んでおくべきだ。

「まあ、協力してくれる薬草がいれば、の話なんですけどね」

「やる！　やりたい！　絶対にちゃんと育てるわ！」

やる気満々のエイミーさんは喜んでいるが……。問題は、ヒールライト側にある。

実家で何年もかけて育てていた私でさえ、ベールヌイの地に嫁《とつ》ぐとなった時、一緒についてきてくれる薬草は少なかった。

今日出会ったばかりの彼女に栽培されたい思う薬草は、一株でもあったらいい方だと断言できる。

でも、それも含めてヒールライトの勉強になると思う。

絶滅危惧種に指定されている薬草は、気持ちだけで栽培できるほど甘くないのだから。

天に祈るように両手を合わせ、薬草に期待の眼差しを向けるエイミーさんを横目に、私は彼らに問いかける。

「この中にエイミーさんに育ててもらってもいいよって思う子はいるかなー？」

…………。

…………。

…………。

ベールヌイの地が静寂に包まれたのかと思うほど、薬草たちは微動だにしなかった。

やっぱり初対面だと難しいみたいだ。私もエイミーさんのことを詳しく知っているわけではないから、そういうところも薬草は見抜いているのかもしれない。

「まだ難しいみたいですね。もう少し薬草たちが心を開いてから挑戦するようにしましょうか」

「……うん、そうね。彼らからしたら、急に知らない人が現れたんだもの。仕方ないわ。これから誠意をもって手伝うことにするわね」

そう言ったエイミーさんは、寂《さび》しい気持ちが隠しきれていなくて、ぎこちない笑みを浮かべていた。

好意を前面に押し出して、ヒールライトを好きだとアピールしていたから、いけると思ったんだけど……。

やっぱり薬草栽培は難しい。私も勉強させてもらったような気がした。

……ガサッ

そんなことを考えて諦《あきら》めかけていたその時、かすかに薬草が葉を揺らす音が聞こえた。

「むっ。どうやら許可を出したイケメンがいたようですね」

「ほ、本当？　今のはそういう揺れ方だったの？」

「仕方ねえから俺《おれ》がやってやんよ、っていう音でした」

「どこ？　どこどこ？　どこにいるの、私のイケメンは！」

「こっちです。足元に気をつけてついてきてください」

興奮するエイミーさんを落ち着かせながら、葉の揺れた方に向かっていくと、一株だけツンッとそっぽを向く薬草がある。

それは、リクさんが持ち運ぶヒールライトを厳選した時に、隣り合う薬草と魔力量で勝負して惜しくも敗れてしまった薬草だった。

拗《す》ねていたから心配していたけど、どうやら力になってくれるらしい。

自分で栽培しておきながら言うのもなんだけど、良い薬草に育ちやがって……！

協力してくれる薬草の心に胸を打たれた私は、早速エイミーさんに紹介する。

「この子がエイミーさんの担当する薬草になります」

「よ、よろしくお願いします！　イケメンさん！」

ものすごい勢いで頭を下げたエイミーさんは、なぜか薬草に対して敬語だ。

きっと彼女の中では、薬草が神様のような立場に君臨しているんだろう。

魔蝕病の苦しみから解放してくれたという意味では、そういう状態になっていても不思議ではないのかもしれない。

「まずはエイミーさんが育てられるように、裏庭の空いている場所に移植させましょうか」

「わかったわ、レーネ先生。土の受け入れ準備から始めるのよね」

「はい。そのあたりは普通の薬草と同じですね。できるだけ日当たりの良い場所を選んで、薬草が快適に生活できる土壌を作りましょう」

裏庭の空いたスペースに案内した私は、エイミーさんにスコップを手渡した。

薬草を栽培するには、土に栽培者の魔力を浸透させる必要がある。

そのため、スコップに魔力を込めて、彼女に裏庭を耕してもらうのだが……。

「この裏庭の土、レーネ先生の魔力で溢れているわね。私の魔力がなかなか浸透しないわ」

ザクッザクッと何度耕しても、エイミーさんの魔力が浸透する気配はない。

たった一株の薬草を受け入れる準備を整えるだけなのに、思った以上に時間がかかりそうだった。

これには、聖女と呼ばれたおばあちゃんの影響が大きいだろう。

私がこの地で初めて耕した時は、すんなりと魔力が浸透していたのだから。

五十年も前のことなのに、未《いま》だに大きな影響を与えているくらいなので、改めておばあちゃんが偉大な植物学士だと実感する。

それと同時に、今までベールヌイ家の人たちが大切な思い出の地として残していてくれたことにも、誇らしく思えた。

「焦ると魔力操作が乱れて、魔力の上書きに時間がかかりやすくなります。ゆっくりと魔力を浸透させてください」

「わかったわ。本当にこういう作業は基本と変わらないのね」

「あくまでヒールライトも薬草です。栽培に必要な作業に大きな変化はありません。でも、最初はもっと荒く掘った方がいいですよ」

「あら？　丁寧に作業する必要はないのかしら」

「土地に自分の魔力が浸透しにくい場合は、最初は荒めに掘って、後で整地した方が浸透しやすいんです」

「ふーん、意外ね。ヒールライトを扱うんだから、もっと繊細な作業が求められると思っていたわ」

「繊細な作業を意識するより、愛情を込めた方が薬草は喜びます。ふかふかのベッドを作ってあげる気持ちで、スコップに魔力を込めましょう」

「任せておいて！　イケメンさんのために頑張るわ！」

素直に受け入れてくれるエイミーさんは、腕を大きく振りかぶって、耕し始める。

薬草の名前がイケメンさんになっているのは、気のせいだろうか。私が言い出したことだけに、訂正しにくい状況が生まれていた。

愛着が湧《わ》いているのであれば、無理に変える必要はないと思うけど。

＊＊＊

エイミーさんが熱心に掘り進めて、無事に土に魔力が浸透する頃。

私はイケメンさんと名付けられた薬草を慎重に土ごと掘り起こして、彼女の元に持ち運んだ。

「では、この子をエイミーさんに譲渡しますね」

「わ、わかったわ。か、枯らさないように頑張らないと……！」

「私も栽培を補佐しますから、そこまで緊張しなくて大丈夫ですよ」

「そうもいかないわ。薬草の大切な命を預かるんだもの。しっかりと責任を持つべきよ」

真面目《まじめ》なエイミーさんらしいが、最初からうまくいくとは限らない。

枯らさないに越したことはないものの、薬草の命を預かるからこそ、そういう経験も必要だと思っている。

だって、理想と現実は違うから。

真剣に取り組んでいると、失敗した時に心に深い傷を負ってしまう。私みたいに一人でそんな経験をするくらいなら、一緒に栽培しながら学んでほしかった。

「で、でも、本当に補佐はお願いね？」

まずは成功体験をさせてあげたいと思っているが。

「大丈夫ですよ。まだヒールライトが無事に育つと決まったわけではありませんが、やれるだけのことはやりましょう」

そう言った私は、エイミーさんが掘った穴にイケメンさんを置いてあげた。すると、エイミーさんが優しく土を被《かぶ》せて、移植の受け入れ作業をスタートさせる。

普通の薬草であれば、植え替えた時点で作業は終わりだ。

しかし、我が儘なヒールライトは環境の変化に弱いので、土に含まれる魔力が変わるだけでも、落ち着かなくなってしまう。

ガサガサッ

ここからが移植作業の本番だと言わんばかりに、イケメンさんはすぐに葉を揺らした。

「土が硬いみたいですね。もう少し緩くしてあげてください」

「わかったわ」

イケメンさんを優しく持ち上げたエイミーさんは、もう一度土を耕し、再チャレンジを試みる。

ガサガサッ

「今度は土が柔らかすぎるみたいです」

「わ、わかったわよ」

ああ言えばこう言う、それがヒールライトである。

早くもイケメンさんは、持ち前の我が儘っぷりを発揮していた。

エイミーさんは少し戸惑った様子を見せながらも、再び土を耕し、イケメンさんを土に植え替える。

ガサガサッ

「土の魔力が減ったみたいです。掘り起こす際に魔力を込めましたか？」

「ご、ごめんなさい。忘れていたわ。早く魔力を補充しないと！」

「落ち着いてください。すぐに魔力不足に陥《おちい》るわけではありませんから」

ガサガサガサッ

「あー！　ごめんなさい、ごめんなさい！　他にも悪いところがあったのね」

「いえ、頑張れって応援してくれただけです」

「あっ。は、はい。ありがとうございます……」

恋する女の子みたいに照れたエイミーさんを見て、不思議とイケメンさんが本当にイケメンに見えてくるのであった。

＊＊＊

エイミーさんが作業を始めてから、なんと二時間。

ようやくイケメンさんが合格を出して、移植作業が終わりを迎えた。

疲労困憊《ひろうこんぱい》のエイミーさんが地面に座り込むのも、無理はない。

たった一株の薬草を移植するだけなのに、イケメンさんに何度も細かいところまで指摘されて、微調整を重ねていた。

根に当たる小石を取り除いたり、また土の硬度に違和感を覚えたり、僅《わず》かに体が傾いて気持ち悪さを訴えたり。

あーだこーだと薬草に文句を言われながらも、懸命に作業する姿は、他人事とは思えない。

薬草から学びを得て、植物学士として成長するエイミーさんに、私はとても親近感が湧いてきた。

「イケメンさんが納得してくれたなら、何よりだわ……」

自分よりも薬草を優先する姿も、昔の自分と重なる。私にもこういう時期があったなーと、どこか懐かしい気持ちになっていた。

ここまで頑張ってもらえたら、彼女に栽培されることに対して、イケメンさんも納得してくれるだろう。

栽培者がちゃんと面倒を見てくれるとわかれば、安心して身を任せることができるはずだから。

その証拠と言わんばかりに、土に体が馴染み始めたイケメンさんは、心地よく居眠りするように揺れていた。

何度も植え替えると薬草にも負担がかかるし、環境の変化でストレスを受ける。

同じ敷地内に移植したとはいえ、栽培者が変わった以上、今後は注視していかなければならない。

今は疲れ果てているエイミーさんの方が心配だけど。

「お疲れ様です。無事に作業がうまくいって、よかったですね」

「あ、ありがとう……。でも、ここまで移植作業に気を使うことになるとは、夢にも思わなかったわ」

「ヒールライトは我が儘ですからね。今日は私が水を上げたので問題ありませんが、明日からはエイミーさんにやってもらいます。もっと我が儘になると思いますので、覚悟しておいてくださいね」

「は、はぃぃぃぃ……」

まだまだ序の口だったと知り、困惑する様子を隠せていないが、私は素直にすごいと思っている。植物学士による薬草栽培は、物事を理論的に進めるため、栽培というより研究に近い。とにかく測定・計算・状態確認……をひたすら繰り返すので、おばあちゃんの栽培方法を体験して、カルチャーショックを起こしているはずだ。

国家資格で満点を取るほどの彼女だから、その影響は大きい。そして——。

「魔族の血は大丈夫ですか？」

ヒールライトの魔力を直接浴びるため、自分の身体のことも気にかけなければならない状況だった。

「正直なところ、調子が良いとは言えないわ。私の魔力って、魔族の血と連動しているみたいなのよね」

「じゃあ、厳しい作業じゃありませんでしたか？　土の受け入れ作業で掘り進めた時に、かなり魔力を消費していましたよね」

「私に事情があったとしても、イケメンさんには関係ないもの。栽培者になったんだから、ちゃんと育ててあげないとね」

優しい瞳《ひとみ》でイケメンさんを眺めるエイミーさんは、満足そうに微笑んでいる。

薬草が好きな気持ちは伝わってくるけど、ここまで彼女が頑張る理由がわからなかった。

ヒールライトが栽培されている環境に慣れるためにも、しばらく療養に専念してもよかったはずだ。

魔蝕病が怖い病気だと教えられただけに、なんだか生き急いでいるような気がしてならなかった。

そんな私の気持ちが伝わったのか、エイミーさんは立ち上がり、気持ちよさそうにグーッと大きく伸びをする。

「心配しないで。魔蝕病の症状は落ち着いているわ。人族の血だけで体を動かさなきゃいけない分、ちょっとしんどいだけよ。そのうち慣れるわ」

本当に大丈夫なのかなーと疑ってしまうが、魔蝕病について詳しいことはわからない。今は彼女の意志を尊重して、生活や栽培の手助けに尽力《じんりょく》しよう。

「そういえば、エイミーさんの魔蝕病の薬を作らないといけませんね。すでに摘み取ったヒールライトがありますから、そちらを使って作りましょうか」

「ありがたいわね。でも、これだけヒールライトが立派だと、逆の意味で心配だわ。治療効果が強すぎて、睡眠薬みたいになりそうだもの」

今朝《けさ》の眠そうなエイミーさんの姿を思い出した私は、軽い気持ちで大丈夫だと言うことができなかった。

もちろん、人族や獣人がヒールライトを摂取する分には、なんの問題もない。魔獣の血が流れるリクさんでさえ、何も考えずに摂取している。

しかし、魔族の血が流れるエイミーさんは、本当に大丈夫なんだろうか。

この空間にいるだけでも治療されているような状態であれば、ヒールライトの成分を過剰摂取することになりかねない。

それが良いことなのか悪いことなのか、適切に判断することができなかった。

「エイミーさんの様子を見ながら、ヒールライトの量を調整する形にしましょうか。動けなくなってしまっては、元も子もありませんし」

「そうしてもらえると助かるわ……って、レーネ先生が作ってくれるのかしら」

「亀爺さまに作ってもらう予定ですけど、最近は物忘れが激しくて心配なんですよね。リクさんの魔獣化の件もありますので、私も手伝おうかなーと思っています」

「面倒を見てもらっている私が言うのもなんだけど、レーネ先生も大変ね。これだけの薬草を栽培するだけでも、かなり労力が……ふあぁ～……」

大きな欠伸をしたエイミーさんは、眠くて仕方ないのか、瞼《まぶた》が重そうだった。

「まだまだ初日ですし、今日はこれくらいにしておきましょう。作業する必要があれば、私が代わりにやっておきますので」

「う～ん……、お言葉に甘えさせてもらうわ。まずはこの地に慣れないと、どうしようもないものね」

疲れ果てたエイミーさんがフラフラしていたので、彼女に肩を貸して、私も一緒に屋敷へ戻る。

早めに治療薬を作って、メリハリのつけた生活をした方が良いみたいだ。過度に病人扱いするわけじゃないけど、療養の目的もある以上、あまり無理はさせられなかった。

屋敷の中に戻ると、侍女にエイミーさんを任せて、私は薬を作る調合室に足を運ぶ。

そこには、治療薬が書かれたノートを片手に持つマノンさんと、薬を調合する亀爺さまの姿があった。

「次に魔法のハーブを混ぜるんじゃったかな？」

「亀爺、違う。それはさっき混ぜた」

「おお、そうじゃったか。では、マニリスの樹液を足そうかのう」

「亀爺、違う。次は形が崩れるまで混ぜるだけ」

マノンさんがすり鉢を両手で支えると、亀爺さまがすりこぎでゴリゴリと薬草を混ぜ始める。

亀爺さまがちゃんと薬を作れるように、マノンさんが補佐してくれているらしい。

まるで、おじいちゃんとお孫さんが料理を作っているかのような雰囲気で、仲良く薬を作ってくれていた。

すでに調合作業を進めてくれている影響もあって、部屋いっぱいに自然豊かな香りがただよう中、私は二人に近づいていく。

「あれ？　奥方、もう裏山に行く時間？」

「いえ、まだ大丈夫ですよ。薬草菜園の方を早く切り上げたので、こちらの様子を見に来ました」

本当はエイミーさんにも、スイート野菜の畑を見せてあげたい。一足早くスイート野菜と打ち解けた領民たちを見れば、ヒールライトと打ち解けるためのヒントを得られるかもしれないから。

しかし、急いでいるわけではないので、ゆっくり前を向いて進んでいけるように、今は後回しにすることにした。

「奥方、弟子の調子はどう？」

「弟子？　ああー、エイミーさんのことですね」

「うん。昨日から体調が悪そうだった」

さすが私の優秀な専属侍女である。

昨日の段階で、早くもエイミーさんの体調不良に気づいていただなんて。

「ヒールライトの魔力が強すぎて、魔族の血が過剰に抑えられているみたいです。その影響で体調が安定しないいんだとか」

「なんかややこしそう」

「魔族の血に関することなので、なんとも言えませんね。本人は気合いでなんとかしていましたよ」

「そういう問題じゃない気がする。単純に休息が必要なのではないだろうか」

たまに恐ろしいほどの正論をぶつけてくるマノンさんは、ボンッと手を獣化させて、もふもふモードに突入する。

どうやらライオンのプライドが刺激され、侍女魂に火が付いたらしい。あまりにも体調が悪い人を見ると、奉仕せずにはいられない性格なんだろう。

私が嫁いできたばかりの時も、あのプニプニした肉球の餌食となり、極楽という快楽に誘われたのだから。

「極楽マッサージ、やりますか?」

「……下手《へた》に触ると、魔族の魔力に干渉するかもしれないから、やめとく」

しゅんっと肩を落としたマノンさんは、獣化を解いてしまった。

エイミーさんを見る限り、普通の人とほとんど変わらないような気もするが、体の内側のことまではわからない。悪化する可能性がゼロではないので、自重する判断は正しいと思う。

こういう時こそ、長寿の亀爺さまの知識に頼りたいところではあるんだけど……。

「亀爺さまは、魔蝕病について、何かご存知ではありませんか?」

「非常に治療が困難な病としか言えませんな。魔獣化よりも珍しい病じゃからのう」

リクさんを悩ませる魔獣化でさえ、百年に一度、発症するかしないかの低確率だった。

圧倒的にデータが少ないとなれば、亀爺さまの知っている知識も少ないに違いない。

「そんなに珍しい病なんですね」

「純血種の魔族と人族が愛し合わぬ限り、魔蝕病には陥らないものなんじゃ。ベールヌイの血筋が魔獣の血を受け継ぐという点では、魔獣化と似ておる部分もある」

魔獣の血を濃く受け継いだリクさんだけが魔獣化する、という意味では、魔蝕病も特定の人にしか発症しない病、ということか。

国王さまが普通に接していたから特に気にしていなかったけど、魔蝕病が感染する心配は不要みたいだ。

「じゃがのう、魔獣化と魔蝕病では、一つだけ大きな違いがあるんじゃよ」

「えっ？　なんですか？」

「それはのう、ヒールライトの魔力で……はて？　何を言おうとしておったんじゃったか……」

うーん、と真剣に悩み始める亀爺さまは、相変わらず物忘れが激しかった。

今の段階では、魔獣化と魔蝕病はまったくの別物だと認識しておいた方がいいのかもしれない。

少なくとも、一つだけ大きな違いがあるみたいだから。

「話を聞けそうな雰囲気があっただけに、途中で言いたいことを忘れられてしまうと、とてもモヤモヤしますね」

「いつものことだから、仕方ない。そのうち思い出す……と、いいね」

「そうですね。亀爺さまが悪いわけではありませんし、淡い期待を抱いて待ちましょう」

年齢が二千歳を超えている亀爺さまを責めることはできない。

マノンさんの手助けがあるとはいえ、薬師の仕事をできるだけでも、十分にすごい方だと思っている。

「いやはや、年は取りたくありませんのう。二千年も生きておると、記憶がうまく繋がらんのじゃ」

「そこまで長生きできませんが、気持ちがわからないでもないです。私もおばあちゃんと過ごした大切な思い出を、すべて記憶しているわけではありません。今となっては、断片的にしか思い出せないんですよね」

何千日、何万時間と一緒に過ごしたはずなのに、時間が経《た》てば経つほど、記憶は薄れていく。大事な思い出だけは強く心に残っているものの、おばあちゃんの顔や声がハッキリと思い出せなくなっていた。

マノンさんにも思い当たる節があるみたいで、納得するように大きく頷いている。

「私も昨日食べた肉料理が思い出せない」

「おやおや、あの御馳走を覚えていないのはもったいないですぞ。昨日のメニューはハンバーグじゃ」

「ハッ、そうだった。昨日は珍しく、おかわりが許されたハンバーグだった」

「遠征に向かう前は、気合を入れないといかんですからのう。そのため、御馳走が並びやすく、我が儘も通りやすいんじゃよ」

そういう記憶はいいんだなーと思っていると、ハンバーグの味を思い出したであろう二人は、幸せそうな表情を浮かべていた。

ヒールライトでどこまで改善できるかわからないけど、エイミーさんにも早くこういう日が訪れてほしい。

「私もエイミーさんの治療薬を作るお手伝いをします。ヒールライトの下処理をしておきますね」

「おおー、それは助かりますのう。奥さまのヒールライトは質が良い分、なかなか調合するのに難しくて、手を焼いておったんじゃ」

「下処理に時間をかけないと、魔力が落ち着きませんからね」

机に置いてあったヒールライトを片手に持った私は、それを水で洗うところから始める。

「その間に、こちらは魔法のハーブを混ぜ――」

「亀爺、違う。次はメーヒアの実を砕いて」

マノンさんがしっかりとしているので、亀爺さまのことは彼女に任せようと思った。

＊＊＊

エイミーさんの治療薬を作り、スイート野菜の水やりを済ませると、早くも一日が終わろうとしていた。

朝から働き詰めだった影響か、今日は一段とお腹が空いている。

私の体は正直なもので、頑張ったご褒美がほしい、と言わんばかりに、ぐぅ～とお腹を鳴らしていた。

夜ごはんはいつもリクさんが用意してくれていたけど、しばらくは遠征で留守にしている。そのため、今日からマノンさんが作ってくれることになっていた。

そんな彼女の料理を楽しみにしながら、食堂で座って待ち続けていると、満を持して持ってきてくれる。

「奥方、お待たせ」

「マノンさん、まだこんな奥の手を隠していたんですね……！」

皿の上に載せられたシンプルな料理を見て、思わず目が釘付けになってしまう。

焦げ目《め》が付くまで焼かれた大きなソーセージと、オムレツをパンで挟んだタマゴサンドが皿の上に載せられているのだ。

意外にこういうシンプルな料理ほど、味わい深い品に仕上がっている可能性が高い。

誰でも食べたことがある料理だからこそ、舌が慣れ、厳しい評価を付けられやすいのだから。

しかし、マノンさんの研究熱心な性格を考える限り、決してハズレではないと断言できる。

早くもその強いこだわりが現れていると思うのは、ほんのりとハーブの香りがして、食欲をそそられているからだ。

マノンさんもかなり自信があるみたいで、胸を張ったまま、ジーッと見つめてきている。

「奥方、落ち着いて食べるといい。旨味《うまみ》をギュッと閉じ込めておいた」

「このソーセージは、マノンさんの手作りですか？」

「うん。二か月ほど熟成させておいた、オリジナル」

思っている以上に手間がかかっていると知った私は、我慢できずに勢いよくかぶりつく。

パリッ

ぬあっ！　なんていう皮の触感……。閉じ込められていた肉汁が一気に解放され、コッテリとした強い旨味が溢れ出す。

そこに香り豊かなハーブの爽《さわ》やかさが合わさることで、噛《か》めば噛むほど味わい深いソーセージになっていた。

あぁー、ずっと口の中がおいしい……。これが熟成させた肉の旨味というものなのかもしれない。

「奥方、おかわりもあるよ」

「まだ食べ終わっていませんが、後二つお願いします」

「わかった、持ってくる」

ただでさえ大きなソーセージなのに、どうして私は追加で二つも頼んでしまったんだろう。

リクさんの料理が食べられない今しか、ダイエットのチャンスはない。それなのに、食べる手が止まりそうになかった。

「奥方、他の侍女が焼いたばかりのものをもらってきた」

「うわぁ……、一段とハーブの香りがいいですね。絶対においしいやつじゃないですか」

リクさんが遠征から帰ってきた時、ひと回り大きくなっていないか心配である。

でも、食べない方が悔《く》いが残ると考えるあたり、私は自分で自覚する以上に花より団子なんだと悟った。

焼き立てのソーセージをハフハフしながら食べていると、眠い目を擦《こす》りながらエイミーさんがやってくる。

「ふあぁ～……。なんだかこの家って、食事が充実しているわね。ずっと良い香りが漂っている気がするわ」

エイミーさんが隣の席に座ると、侍女魂を燃やすマノンさんが、ササッと彼女の食事を用意する。

「獣人の三大欲求は、食す・食う・食べる。食事が充実していないと、生きていられない」

「それ、全部一緒の意味よ。欲求が一つしかないと言った方が早いわね」

寝起きなのにもかかわらず、エイミーさんのツッコミが鋭い。まさにマノンさんの欲求は、食欲一択である。

なお、本人は納得していないみたいで、大きく首を横に振っているが。

「獣人はとにかく食べることが好き。その欲求は、がおーっとなるほど、留まることを知らない」

マノンさんが渾身のがおーっポーズを取った瞬間、エイミーさんに流れる魔族の血が反応したのか、彼女はシャキッと背筋を伸ばした。

「へえ〜、そうだったのね！　獣人の食に対する思いは奥が深いわ！」

一度は否定したはずのエイミーさんだが、どうやらマノンさんのがおーっポーズにやられたみたいだ。

今まで見てきた人の中で一番オーバーなリアクションをしているし、考え方がコロッと変わっている。

そんな彼女の身に何が起きたのか、私は純粋に興味が湧いてしまった。

「エイミーさんは、マノンさんのがおーっポーズについて、どう思いますか？」

今までマノンさんのがおーっポーズに慄《おのの》いていたのは、魔物だけだ。

私はどう見ても可愛《かわい》いとしか思えないし、他の獣人たちも温かい目で見守っている。

果たして、魔族の血が流れる彼女は、どう判断するのだろうか……。

「とても勇敢なポーズよね。背中に雷が落ちたみたいで、一気に目が覚めたわ」

「申し訳ない。ライオンの威厳が出て、驚かせてしまったようだ」

本当にエイミーさんは魔族の血が流れているんだなーと、変なところで実感した私は、タマゴサンドを頬張《ほおば》る。

旨味を閉じ込めた肉とは違い、口当たりが柔らかく、パンもタマゴもふわふわ。

優しい味わいに癒《いや》されながら、魔族の感性ってどうなってるんだろう……と、疑問を抱くのであった。

＊＊＊

食事を終えた私は、おかわりをしたこともあって、お腹がパンパンになっていた。

最後までおいしく食べられたので、後悔はしていない。これは贅沢《ぜいたく》な行為であり、幸せなことだと思っている。

明日はいつも以上に歩き、脂肪を燃焼しなければいけなくなったため、複雑な思いも持ち合わせているが。

そんな私の隣では、魔蝕病の治療薬を口にするエイミーさんの姿があった。

眉間《みけん》にグッとシワを寄せているので、良い味ではないんだろう。

ヒールライトは魔力が濃くなると、えぐみを増すと言われている影響か、とても飲みにくそうにしていた。

「大丈夫ですか？」

「ええ。料理がおいしかった分、治療薬の喉《のど》ごしが悪く感じるだけよ」

「治療薬に味を求めるものではありませんから、仕方ないですね」

「良薬は口に苦し、っていう言葉があるくらいだもの。良い薬の証拠よ。さて、この薬は速効性があるものだし、私はもう眠りにつくわ」

グーッと伸びをしたエイミーさんは、そんなことを言うが——。

「そんなに眠れます？」

ヒールライトの栽培を終えてから、彼女は夜ごはんまでずっと眠っていたらしい。

もはや、赤ちゃん並みの活動時間である。

「この地に来てから、魔族の血が休眠状態なんだもの。私の体は半分眠りについているようなものよ。この地で活動できる時間は、ふあぁ～……。少なくなりそうね」

早くも欠伸が出て、目がトローンとしているため、冗談を言っているわけではないみたいだ。

「ヒールライトが効きすぎるのも、考えものですね」

「レーネ先生が気にすることではないわ。この地の空気が過ごしやすい分、体がだらけているだけよ。じゃあ、また明日ね。おやすみなさい」

「おやすみなさい。部屋まで気をつけて歩いてくださいね」

「心配しなくても大丈夫よ。酔っぱらいじゃないんだから……おっとっと。危ない危ない、机にぶつかりかけたわ」

フラフラしながら歩くエイミーさんは、千鳥足という言葉がピッタリだった。

近くにいた侍女が肩を貸して、エイミーさんを部屋まで送り届けてくれるみたいなので、彼女に任せようと思う。

なんだかんだいって、今日一日を無事に過ごした私の方が問題な気がするから。

もちろん、何か不満があるわけではない。

ごはんもおいしいし、薬草や野菜も元気に育っているし、楽しく過ごせている。

でも、やっぱりリクさんの顔が見られないだけで、心が落ち着かない。

気のせいだと自分の気持ちを誤魔化《ごまか》してきたけど、日が落ちて暗くなっただけで、心の中にモヤモヤした気持ちが溢れていた。

栽培者の心が薬草に反映される以上、本当はもっと気丈に振る舞う必要がある。それが頭でわかっていても、心を落ち着かせる術がわからなかった。

そんな私の心境が伝わっているのか、ゆっくりと近づいてきたマノンさんが、頭をナデナデしてくれる。

「奥方、そわそわしすぎ。もっとドシッとしないと」

「できるだけ考えないようにしているんですけど、やっぱりダメですね。この感情に慣れる日はくるんでしょうか」

「リクたちを心配する必要はない。ピクニックに行ってるようなものだから。むしろ、お土産を楽しみにしたいくらい」

涎《よだれ》が出てくるマノンさんを見れば、純粋な気持ちで言っていることくらいは、すぐにわかる。

今までベールヌイ家に仕えてきた彼女がそう言うなら、お世辞ではなく、本当に心配する必要はないんだろう。

それでも受け入れることができないのは、きっと私が過去の出来事と重ねてしまっている影響だ。

初めておばあちゃんから離れて、王都に国家試験を受けに行った時と、同じような気持ちを抱いているから。

私が八歳の頃、実家から何日も離れた王都に向かい、大人たちに混じりながら、植物学士と薬師の国家試験に挑んだ。

初めての旅と試験で緊張しつつも、なんとか無事に合格点を取り、国家資格を得て帰ってきたら……、おばあちゃんは亡くなってしまった。

そこから私の人生は大きく狂い始めたから、またすべてを失う気がして、自然と恐怖を抱いているんだと思う。

あの時と違うことくらい、自分が一番よくわかっているはずなのに……。

「奥方、一緒に寝てあげようか？」

私はもう、独りじゃない。みんなと本当の家族になったからこそ、リクさんたちを信じて待たないと。

「不安で押し潰《つぶ》されそうになった時は、お願いします」

どうしても我慢できなくなったら、潔く専属侍女に頼らせてもらおう。

だって、マノンさんも大切な家族の一員なのだから。

幕間 ✦ リクとヒールライト（side：リク）

ミノタウロスの討伐をするため、ベールヌイ家の屋敷から遠征に出かけて、四日が過ぎる頃。

その魔物の集落を壊滅させたリクたちは、周囲を警戒しながら野営していた。

本来であれば、目的の魔物を殲滅《せんめつ》した時点で帰還する。しかし、今回の現場は様子がおかしかった。

魔物が集落を作るほど繁殖していたにもかかわらず、統率している親玉の姿が見当たらなかったのだ。

ジャックスの事前調査と内容が異なるが、周囲に魔物がいる気配もない。

不審に思ったリクは、何か別の問題が発生していないか探るべく、森の再調査を行なうことにした。

そして、静寂に包まれた夜になると、調査を終えたジャックスが険しい表情で戻ってくる。

「ダンナ、今回の遠征はまだまだ時間がかかりそうだぜ。ミノタウロスの繁殖期がピークを過ぎ、第二・第三の集落を作っていやがった」

ジャックスの再調査で、ヒールライトを乾燥させている間に、魔物が想定を超えるほど繁殖していたと判明する。

リクたちが壊滅させた集落は、ほんの一部にすぎなかったのだ。

「面倒なことになったな。いくら魔物とはいえ、仲間の集落が一つ落ちたとなれば、必要以上に警戒するだろう」

「さすがに今回ばかりは仕方ねえさ。ダンナが暴走するより、警戒したミノタウロスと一戦を交える方がマシだ。尻尾《しっぽ》に魔獣化の兆候が出ている以上、慎重に動くしかなかったと思うぜ」

ベールヌイ家の屋敷を離れてから、日に日に金色に染まっていく自分の尻尾《しっぽ》を見て、リクは大きなため息を吐《つ》いた。

何十体ものミノタウロスに勝利する騎士団でさえ、魔獣化の暴走を簡単には抑えられない。時には何人もの家臣が犠牲になり、無理やり押さえ込むこともある。

もはや、ベールヌイの地に起こる災害と言っても過言ではなかった。

「以前のような禍々《まがまが》しい毛並みではないんだが……。俺《おれ》が意識を保てるかどうかは、別の話だ。魔獣の血が肉体を乗っ取ろうとする限り、油断するわけにはいかない」

一段と気を引き締めるリクは、鋭い目つきで自身の尻尾を睨《にら》みつける。

今回の遠征で魔獣化はしない、その強い意志を表しているかのような力強い瞳《ひとみ》だった。

——無事に帰ると、レーネと約束したからな。

遠征に出発する際、感情を押し殺して見送ってくれたレーネの寂《さび》しそうな顔が、リクの頭によぎる。

繁殖した魔物を討伐するために家を空けるなど、リクにとっては当たり前のことにすぎない。

しかし、ベールヌイの地で過ごし始めたばかりのレーネにとっては、耐《た》え難《がた》いことなんだと知った。

――いつものように遠征に出かけるだけだと軽い気持ちでいたが、あんな顔をさせてしまうとは……。

レーネのことを考えるだけで、リクは一刻も早く無事に帰還して、安心させてやりたいと強く思う。

そのためには、魔獣化の衝動を抑えつけて、被害を最小限にしなければならなかった。

「ダンナも変わったな」

意を決するリクを見て、ジャックスの笑みがこぼれる。

「少し前までのダンナは、魔獣化で暴走することを恐れているように見えた。魔獣に意識を奪われているとはいえ、自分の手で仲間を傷つけていることを悔やんでいたんだろう」

魔獣化を制御できなかったことによる代償は、リクの心に深い傷を刻み続けている。

危険なベールヌイの地において、魔獣の血で得られる力は必要不可欠なものであり、国を守るためにも維持しなければならない。

しかし、自分が犯してしまった罪を見れば、決して誇れるものとは思えなかった。

暴走する魔獣に解放された瞬間、自分がどれほど暴《あば》れたのか、その光景が目に飛び込んでくるのだから。

敵や森を攻撃するだけならまだしも、味方や街に牙《きば》を剝《む》くことも少なくはない。

いつしか魔獣に体を奪われ、自分を失うのではないかと怯《おび》えていた。

本当に神聖な魔獣の血を受け継いだんだろうか。呪われた血……そんなものを受け継いでいるような気がしてならない。

リクがそんなふうに考えていたのは、レーネと出会う前のことだ。

「今のダンナは、昔と違う。魔獣の血を恐れるよりも、帰るべき場所に戻りたいと強く願っている。ようやくベールヌイに生まれた運命を受け入れることができたみたいだな」

過酷な人生を送りながらも、一途《いちず》に薬草を育てるレーネを見て、リクの心境は変化していた。

魔獣の血に怯え、心の逃げ道を探していた自分を恥じるつもりはない。ただ、逃げ続けるばかりではダメだと、レーネに教えられた気がする。

薬草と共に変わるレーネのように、自分も変わりたい。

いつしかリクはそう思うようになり、レーネに惹《ひ》かれていくのを実感していた。

その姿を見たジャックスは、我が子の成長を見守る親のような気持ちで佇《たたず》んでいる。

「どんな理由であったとしても、魔獣の血に囚《とら》われている頃よりは、男らしい顔をするようになったと思うぜ」

リクは真面目《まじめ》な話し合いをしていたつもりだったのだが……。

ジャックスの安堵《あんど》したような笑みは、ニヤニヤとした不敵な笑みに変わっている。

「ジャックスまで変に突っかかってくるな。王都で嫌な思いをしてきたばかりだ」

「魔獣の血で苦しんできたと知っているだけに、みんなダンナのことが気掛かりなだけさ。見送ってくれた嬢ちゃんを見る限り、早めに手を打っておいた方がいいと思うぜ」

「放っておいてくれ。俺なりにちゃんと考えている」

フンッとそっぽを向いたリクは、魔獣の血を抑えるため、乾燥したヒールライトから抽出した茶を口に運ぶ。

ベールヌイの屋敷を離れた今、これが魔獣化を制御する頼みの綱だった。

しかし、思っていた以上に効果は感じられない。魔獣化の衝動を抑えきることができなかった。

「やはりこれだけでは厳しいか。どうやら魔獣の血は、ヒールライトの魔力だけで落ち着くものではないみたいだ」

着実に魔獣化が進行して、体が蝕《むしば》まれていくようにリクは感じている。

その様子が顕著に表れているのが、金色の毛に染まった尻尾だった。

「屋敷を出発してから、顕著にダンナの毛並みが変わり始めている。嬢ちゃんの魔力が魔獣化を抑え込む要因になっていたのかもしれねえな」

「本人は気づいてないと思うが、間違いないだろう。もしかしたら、それがアーネスト家が聖女と呼ばれた所以《ゆえん》であり、魔獣化を抑える唯一の方法なのかもしれない」

「なるほどな。どうりで亀爺が薬のレシピを知らねえわけだぜ。魔獣化を治療する薬が、本当は存在しなかったなんてな」

百年に一度あるかないかの魔獣化とはいえ、大惨事を生み出す可能性があるなら、治療薬のレシピを書き残していないとおかしい。

二千年もの長い時間を生きて、ベールヌイ家に仕え続けている亀爺だからこそ、その重要性を誰《だれ》よりも理解しているはずだ。

つまり、魔獣化に効く薬は存在しないと考えた方が自然だろう。

「まだ確実にそうだと決まったわけではない。ただ、魔獣の血を完全に抑える術は、レーネが鍵《かぎ》を握っているような気がする」

あくまでリクの予測にすぎない。しかし、体内に流れる魔獣の血の反応を見る限り、そんな気がしてならなかった。

「まさか嬢ちゃんがそれほどの力を秘めていたとはな。ダンナが落ち着かないのも、そういう理由だったか」

「……俺はそんなふうに映っていたのか？」

「かなりソワソワしていたぜ。騎士団の中では、ミノタウロスがとんでもねえ繁殖の仕方をしているんじゃないかと、みんなで予想していたところだ。まあ、実際にそっちはそっちで事実だったんだがな」

自分のことで手一杯だったリクは、周りが見えていなかったと反省する。

しかし、魔獣の血が騒ぐこともあって、自分ではどうしようもできない状態だった。

「時間が経《た》つにつれて、ヒールライトの魔力だけでは抑えられない状況に陥《おちい》っている」

「夜も眠れないほどに、か？」

「眠らないだけだ。魔獣の血がたぎっている間に寝れば、意識を奪われかねない。今回の遠征は、軽い仮眠で済ませるしかないだろう」

そう言ったリクは、残っていた茶を一気に飲み干し、心を落ち着かせる。

ヒールライトから僅《わず》かに感じるレーネの魔力に支えられながら、魔獣の血に立ち向かうのであった。

第五章 ✦ 甘え上手な魔獣さん

リクさんたちが遠征に向かった日から、十日が過ぎる頃。

騎士団がそろそろ帰ってくる予定だったため、私はソワソワと落ち着かない日々を送っていた。

寒さで布団《ふとん》から出にくくても、久しぶりに会う時くらいはシャンとした姿を見せたいと思い、毎日早起きして頑張っている。

すぐに顔を洗い、髪を解かして、歯を磨き、もしかしたら……と期待するけど、現実は厳しい。

空気の冷たい朝を迎えるだけで、リクさんの姿はどこにも見当たらなかった。

一応、毎朝マノンさんと二人で街の門兵さんのところまで足を運ぶものの、遠征に関する情報は何も入ってこない。

非常事態が発生した場合は伝令を走らせてくれるみたいなので、遠征は順調に進んでいるはずなのだが、一向に気持ちが晴れなかった。

早く帰ってきてほしい。ただ待っているだけの時間が、こんなにも長く感じるとは思わなかった。

そんなことを考えながらも、私は自分のやるべきことを果たしている。

薬草の世話をしたり、エイミーさんに栽培方法を教えたり、スイート野菜を栽培したり。

日々の生活はとても充実しているのだが、次第に心が満たされなくなり、不安な気持ちが膨らみ続けていた。

それでも、リクさんたちが無事に帰ってくると信じて、夜にはベリーちゃんと一緒にお守り作りを頑張っている。

今夜でその作業も最後と聞いていただけあって、私は余計なことを考えなくても済むように、朝から晩まで動き続けていた。

「ヒールライトの厳選は終わっています。早くお守りを完成させましょう」

縫ったお守りとヒールライトをパパッと用意すると、ベリーちゃんに不審な目を向けられる。

「何やら落ち着かんやつよのぉ。リクとやらと喧嘩《けんか》でもしたのか？」

「してないですよ。遠征に行ったものの、帰ってきそうで帰ってこないから、落ち着かないだけです」

私がムスッとした表情を浮かべると、ベリーちゃんは呆《あき》れるように大きなため息《いき》を吐《つ》いた。

「まだ魔物との戦いから戻ってこぬのか。ふむ、どれどれ……。ああー、なるほど。心配せずとも、明け方には帰ってくるであろう」

「ど、どうしてわかるんですか？　リクさんたちの情報は何も入ってきていないはずですけど」

「我くらいになれば、魔力探知で居場所がわかるものだ。ここより北東に大勢の獣人が移動しているとわかるぞ」

さも当然みたいな顔でベリーちゃんは教えてくれるけど、普通はそんなことまでわからない。

伝令が来たわけでもないし、五感の鋭い獣人たちでも読み取れない情報だった。

ただ、今までベリーちゃんと過ごしてきて、彼が嘘《うそ》をつくような人とも思えない。

何より、もうすぐリクさんが帰ってくると思うと、今度は久しぶりに会えることを意識して、結局落ち着かなくなってしまう。

「そうですか。この地は危険だと聞いていましたけど、夜でも移動するものなんですね」

「獣人は夜目が利《き》く。夜間に休息を取るのが一般的ではあるが、もしかすると……ククッ。いや、なんでもない」

「不気味な笑いはやめてください。気になるじゃないですか」

「新鮮な肉をいち早く持ち運びたいだけであろう。クククッ」

マノンさんも肉を楽しみに待っているから、鮮度の良い状態で持ち運ぶことを優先しているんだろうか。

遠征の疲れを癒《いや》すために早く屋敷に帰ってきて、食事を堪能《たんのう》したり、ゆっくりと休んだりする思惑があるのかもしれない。

……ベリーちゃんの怪しい雰囲気を見る限り、他にも理由はありそうだけど。

「ともかく、今は早くお守りを完成させましょう。作っている最中に帰ってこられたら、ややこしいことになりそうです」

「そのあたりは気配を遮断しておるがゆえに問題ないが……。まあ、よかろう」

ベリーちゃんの言葉を聞いて、私はずっと疑問に抱いていたことが、確信に変わり始める。

獣人のような見た目なのに、夜にしか現れないこと。暗闇《くらやみ》から現れ、暗闇に消えていくこと。そして、決してヒールライトに触らないこと。

僅《わず》かな時間しか共に過ごしていなくても、おかしいと思うところは次々に出てくる。ベリーちゃんも本当は姿を現してはいけないことだとわかっているから、わざわざ気配を遮断しているんだろう。

そこまでして私に協力してくれる意味がわからない。ヒールライトが受け入れている以上、悪い人ではないはずなんだけど……。

彼の頭に生える魔物みたいな立派な角を眺めていると、突然、地面に見たこともない文字が浮き出てきた。

「これが術式だ」

「……術式？　もしかして、儀式魔法ですか？」

私が薬草栽培で使う簡易的な魔法とは違い、強大な力を持つ魔法は専用の儀式を行なわなければならない。

それに必要なものが、古代文字とその術式だと聞いたことがある。

「正確に言えば、封印の儀式を改良したものだ。邪龍《よこしま》や災害獣などを封印するために作られた魔法を用いて、物質に魔力を付与させる」

儀式魔法は普通の魔術師が扱えるものではない。

それを改良するとなれば、世界中を探しても片手で数えられるくらいの人しかできないだろう。

ベリーちゃんの言っていることがあまりにも壮大なスケールだったので、私はまったく話についていけなかった。

「どうした？　早く術式をマネて、お守りに付与をせい」

そんなすごい魔法を使ってやろうとしていることが、とても良いお守りを作るだけ、という事実に、余計に頭が混乱してしまう。

「私がこの儀式魔法を行使するんですか？」

「貴様がお守りを作りたいのであろう。勘違いしてもらっては困るが、我はお手伝いをしているだけだぞ」

「それはそうなんですけど。術式が必要とする魔法なんて、使ったことがないんですよね……」

「そうかそうか。それは大変であろう。しかし、貴様が戸惑っている間に、リクとやらが帰ってくるかもしれんなー」

「わ、わかりましたよ。やってみますので、やり方を教えてください」

わざとらしくベリーちゃんに催促されながらも、背中を押された私は、儀式魔法に挑戦することを決意した。

「まずはお守りとヒールライトを重ねろ」

「こんな感じで大丈夫ですか？」

「うむ」

「次に術式の古代文字に意識を送り、貴様の魔力で上書きするのだ」

「やっぱり古代文字だったんですね……」

「封印術を使うには、必須の知識だ。それくらいのことは覚えておくといいぞ」

ベリーちゃんは大したことないように言うが、古代文字の解析は、各国が総力を上げて取り組んでいる課題である。

こうして目の当《ま》たり《あ》にすること自体が、異例の出来事だった。

どうしてベリーちゃんが古代文字を解読できるのかわからないし、その理由を聞くのもちょっと怖い。

こんな儀式魔法を使ってまで銀色のヒールライトを求める理由って、いったい……。

聞くに聞けない状況が生まれたため、私はベリーちゃんの指示通りに動いて、古代文字を上書きすることに専念した。

そして、すべての術式を上書きすると、古代文字が光り始める。

「後は古代文字に込めた魔力をお守りに収束するようにしたら、完成だ」

「こ、こうですか？　——うわっ！」

儀式魔法が起動して、ヒールライトの魔力がお守りに集まり始める。

術式を安定させるためか、私の魔力がかなり消費されてしまうけど……、なんとか無事に済んだみたいだ。

付与を終えたばかりのお守りが、ヒールライトのように金色に輝いている。

「魔力が安定するまで、暗い場所に置いておくがいい。次第に落ち着くであろう」

「は、はい。ありがとうございます」

「気にするでない。銀色のヒールライトが手に入るかもしれぬのだ。これくらいの協力は惜しまぬぞ」

ベリーちゃんが期待してくれるのはありがたい。でも、銀色に輝くヒールライトを作れなかった時、どうやって恩を返せばいいんだろうか。

儀式魔法を用いたとなれば、これ、とんでもない高価なお守りになるよね……？

「一つ確認したいんですけど、いいですか？」

「次の機会にせい。封印術の補佐をしていたら、ヒールライトの魔力に当てられてしまった。我はもう帰るぞ」

「ま、待ってくだ――。はあ～、行っちゃった」

だるそうにしたベリーちゃんが、スーッと闇夜《やみよ》に消える姿を見て、私はこう確信する。

ベリーちゃん、絶対に魔族だよね、と。

＊＊＊

お守りにヒールライトの魔力を付与した翌日。

自室のベッドで眠っていた私は、いつもと違う朝を鼻で感じて、バッと勢いよく体を起こす。

「くんくん。朝から肉を焼いているような芳《こう》ばしい香りがする」

獣人のみんなと過ごす時間が増えて、私も随分と獣人っぽくなったものだ。

この芳ばしい香りだけで、マノンさんが作る料理ではないと本能的に察してしまう。

昨晩のベリーちゃんの言葉を思い出すと、その正体が誰《だれ》なのか、容易に想像がついた。

『まだ魔物との戦いから戻ってこぬのか。ふむ、どれどれ……。ああー、なるほど。心配せずとも、明け方には帰ってくるであろう』

居ても立っても居られなくなった私は、ベッドから飛び起きて、急いで食堂へ向かう。

まだ顔も洗っていないし、髪も解かしていない。服を着替える時間だってあるはずなのに、足が勝手に動いていた。

主《あるじ》が不在でどこかしんみりとしていたベールヌイ家の屋敷も賑わいを取り戻していて、食堂から大きな声が聞こえてくる。

「俺《おれ》の肉を取るんじゃねえ！」

「馬鹿《ばか》を言うな。この肉は俺に食べられたそうな顔をしていた」

「今日はたっぷりと食えるんだ。お前らも少しは落ち着いて――おい！　俺の肉だぞ！」

久しぶりに行なわれている肉の争奪戦の声を聞き、胸が高鳴り始める。

間違いない。騎士団の人たちが帰ってきてる……！

急いで足を動かし、食堂にたどり着いた私の瞳《ひとみ》に映し出された光景は、約二週間の間、ずっと待ち望んでいたものだった。

大勢の獣人が食卓を囲み、ワイワイと食べる姿が懐かしい。いつもの平穏なベールヌイ家の光景が戻っている。

何より、朝ごはんの準備をしてくれるリクさんを見て、心の底から安堵《あんど》した。

「早かったな。ちょうど今、朝ごはんが食べられるように準備をしているところだ」

リクさんがテーブルに運んでいるのは、ローストビーフに新鮮なサラダ、パンとスープなど……。

朝ごはんにしては、随分と豪華な食事だった。

花より団子の私はすぐにおいしそう……と、一瞬だけ目を奪われるが、さすがに今日ばかりは他のことが気になってしまう。

「とても眠そうですけど、大丈夫ですか？」

リクさんの力強い赤い瞳《ひとみ》は、スッカリと覇気が失われている。

綺麗《きれい》な銀色の尻尾《しっぽ》も、金色の毛に生え変わっていた。

「気晴らしに料理でもしないと、魔獣化しそうだったからな。もう少し魔獣の血が落ち着かないと、眠れそうにない」

わざわざ危険な夜に移動して、明け方に帰還しようとした理由は、魔獣の血の影響だったみたいだ。

ここまで魔獣化が進んでも人型の状態を維持しているのは、初めて見る。あまり状態は良くなさそうだった。

「一度は仮眠を試みたが……気になることがあって、眠れなかった影響もある。無理しているつもりはない」

リクさんが眠れないほど気になること、か。

ベリーちゃんも不気味な笑い方で誤魔化《ごまか》していたから、本当の理由は別にあるんだろう。

いつものリクさんとは違い、今日は妙に目が合うし、ソワソワして落ち着きが見られないので、私に関係のあることかもしれない。

でも、まずは自分の体を大事にしてほしい。

私はずっとそれが気になっていたんだから。

「魔獣の血が落ち着き始めたら、今日はゆっくりと休んでくださいね。とても大きなクマができていますよ」

「そのつもりだ。だが、レーネも随分と眠そうな顔をしているぞ。眠れなかったのか？」

「……気のせいです。私は寝起きなので、そう見えるだけですよ」

余計な心配事を増やしてしまいそうだったので、私は適当に誤魔化した後、朝ごはんを受け取って椅子《いす》に腰を下ろした。

いつも通り過ごすことがリクさんを安心させるのであれば、私のやるべきことはただ一つ。

皿の上にたっぷりと載せられたローストビーフを、おいしくいただくだけのことだ……！

安堵した途端、急にお腹《なか》が空き始めたので、早速ローストビーフを口に運ぶ。

赤身にしては柔らかく、肉の旨味《うまみ》がしっかりしている。嚙《か》む度に溢《あふ》れ出す肉の旨味が、身に染みるようなおいしさだった。

久しぶりのリクさんの料理、これはもう、じっくり味わって食べるしかない。

ローストビーフに舌鼓を打ちつつ、朝ごはんを堪能していると、いつも起こしに来てくれるマノンさんがやってくる。

「奥方、先に朝ごはん食べててズルい」

「あっ、すみません。ちょっと香りにつられて、先に食堂に足を運んでしまいました」

苦笑いを浮かべて誤魔化すと、マノンさんは納得して、自分の席に向かった。

本当はリクさんにつられたんだけど、それは内緒にしておくとしよう。

＊＊＊

私がおいしい朝ごはんを食べ終わる頃には、大勢の獣人が食べすぎて動けなくなっていた。

遠征直後ということもあってか、無制限に肉を食べられるらしく、必要以上におかわりをしたらしい。マノンさんも思う存分肉を食べたみたいで、お腹にポンッと手を当てて、満足そうにしている。

そんな中、魔蝕病の影響で朝がツラそうなエイミーさんが、誰よりも眠たそうな顔でやってきた。

「ああー……。マーベリックさん、お久しぶり……。すごく眠そうね」

「その言葉、そっくりそのまま返そう。ヒールライトの魔力で魔族の血が随分と抑えられているみたいだな」

「とても良い場所だとは思っているわ。魔族の血にはツラすぎるだけで、ふあぁ～……。うわっ、何この豪華な料理」

驚いたエイミーさんがシャキッとする一方、リクさんの瞼は徐々に落ちていっている。

遠征の疲れもあるとは思うけど、エイミーさんと同じで、ヒールライトの魔力で魔獣の血が落ち着き始めた影響なのかもしれない。

フラフラとした足取りで食堂を移動し始めたリクさんを見て、私は彼の元に向かおうと席を立ち上がった。

しかし、それを妨害するように頭にポンッと大きな手が乗せられる。

「今はゆっくり飯を食う時間だぜ」

どうやらジャックスさんも無事に戻ってこられたみたいだ。

「でも、リクさんの体調が悪そうなので……」

「心配することはねえよ。嬢ちゃんの乾燥したヒールライトも十分に役立ったし、ダンナも自分の体のことをよくわかっている。今は下手《へた》に刺激して、魔獣化を促進する方が危険だ」

ジャックスさんに言われて、今までリクさんが魔獣化した時のことを思い出す。

初めて魔獣化したのは、ヒールライトが綺麗に咲き誇った夜の時。二回目は、煎じたヒールライトを飲んだ時だった。

ヒールライトの魔力に魔獣の血を抑える効果があるのは、事実だ。でも、実際に煎じたヒールライトを飲んで魔獣化したことがあるのであれば、逆効果になる恐れもある。

魔獣化の治療がうまくいっていただけに、短絡的に考えすぎていたのかもしれない。

今後は、ヒールライトの魔力が何かしらの影響を与えると認識を改めた方が良さそうだ。

「もっと単純なものだと思っていましたけど、ややこしいんですね」

「ダンナも今は様子を見ているんだろう。以前のような禍々《まがまが》しい気配を感じさせない分、難しく考える必要はないのかもしれんが……。あの状態で魔獣化したら、何が起こるかわからないのも、それはそれで事実だからな」

今までと違う形で魔獣の血に体を奪われるのであれば、それが良いのか悪いのか、判断する材料が少ない。リクさんの意識がなくなる以上、不用意な行動を取るべきではないと思った。

でも、ヒールライトが綺麗に咲き誇った夜に魔獣化した時は、誰にも被害を与えなかったと聞く。

私がもふもふしても嫌そうな仕草を見せることもなかったので、悪い印象はなかった。

「うーん、私は大人しい子だと思うんですけどね」

「嬢ちゃんにだけは、大人しいのかもしれねえぜ」

「えっ？　どうしてですか？」

「魔獣の血がヒールライトの魔力に反応するのであれば、その栽培者の魔力にも反応するはずだ。嬢ちゃんを特別な人間だと判断して、服従するのかもしれん」

ジャックスさんの考えは、一概に間違っているとは言えない。

国王さまの話でも、昔は聖女さまがフェンリルを従えていたと教えてもらった。

「まあ、ダンナのことは少し様子を見てやってくれ」

ジャックスさんも疲れているみたいで、大きな欠伸《あくび》をした後、奥のテーブルに向かって歩いていく。

ベールヌイの地で暮らす人々は、魔獣化したリクさんが暴《あば》れることを恐れているから、仕方ないことかもしれない。

リクさんのためにも、みんなのためにも、しばらく私から接触することは控えよう。

尻尾《しっぽ》の毛が生え代わるまでの辛抱だし、リクさんが無事に帰ってきてくれただけでも、私は満足だから。

＊＊＊

朝ごはんを食べ終えた私は、一足先に薬草菜園に向かい、薬草たちに水やりをしていた。

リクさんたちが無事に戻ってきてくれた影響か、今日の薬草は一段と機嫌が良さそうに揺れている。

栽培者の心が薬草に反映されると聞くが、思っている以上に心が繋《つな》がっているのかもしれない。

こんなにも早く薬草に気持ちが伝わり、影響を与えるとは思わなかった。

薬草たちが心地よさそうにユラユラと揺れている姿は、まるで自分の心を表しているように感じる。

そんな平穏な薬草畑を眺めていると、屋敷の方からエイミーさんがすごい勢いで走ってくる姿が見えた。

「レーネ先生、薬草の水やりはもう終わったかしら」

「大まかな作業は終わりましたよ。後は薬草たちと対話して、どうするのか決めようかなと」

「そう。じゃあ、なんとか間に合ったわね」

「もしかして、そのために急いで朝ごはんを食べてこられたんですか？」

「ええ。レーネ先生の作業する光景を見るのも、勉強のうちだもの。のんびりと食事を楽しんでいられないわ。もちろん、おいしくいただいたけどね」

シャキッと気合を入れるエイミーさんは、必要以上に張り切っているように思えた。

薬草栽培のことは一切《いっさい》妥協せず、全力で頑張る。そこが彼女の良いところではあるものの、どうしても焦《あせ》りのようなものを感じてしまう。

魔蝕病の症状が落ち着いている分、活動時間が短くなるため、意地を張っているだけなのかもしれないけど。

「本当に大丈夫ですか？　無理しなくてもいいですよ」

「心配いらないわ。魔蝕病の症状は落ち着いているんだもの。体を動かせるうちに動かした方がいいわ」

本人が心配無用と言っているのであれば、私の気にしすぎなんだろう。

そう思っていると、逆に心配そうな顔をエイミーさんに向けられてしまった。

「レーネ先生の方こそ大丈夫なの？　マーベリックさん、寂《さび》しそうに食堂で後片付けをしていたわよ？」

「リクさんが、寂しそうに……？」

「ええ。当主が食事の後片付けをするなんて、少し変わった光景だったけどね」

エイミーさんの情報を聞いて、今朝《けさ》の不自然なリクさんの姿を思い浮かべる。

もしかしたら、魔獣の血が落ち着かなくて、心細かったのかもしれない。

リクさんの心も魔獣化が進み、頭をナデナデしてほしくなったとか……いや、さすがにそれは考えすぎか。

「あの様子だと、そのうちレーネ先生に会いに来ると思うわ。マーベリックさんに取られないうちに、薬草の栽培を指導してもらわないとね」

エイミーさんがイケメンさんに近づいていく中、まだ髪の毛を解かしていないことに気づいた私は、懸命に手櫛で誤魔化す。

そして、魔法で水をあげるエイミーさんの姿を見守った。

「どうですか、イケメンさん。今日の水やりは完璧《かんぺき》でしょう？」

自信満々で問いかけるエイミーさんに対して、葉先を少し下に垂らした薬草は、残念そうにガサガサッと揺れる。

「今日は多めの水に浸りたい気分だったそうです。後、魔力を濃い目がよかったみたいですね」

「うぅ……。葉が瑞々《みずみず》しい印象だったから、水分も魔力も少なめがいいと思ったのに。はぁ～、まだまだダメね」

ため息を吐いたエイミーさんは、再び魔法を用いて水やりを始める。

うまくいかないこともあるけど、随分とヒールライトの栽培にも慣れ、イケメンさんに文句を言われることも減ってきている。

まだまだ私のサポートを必要としているものの、順調に栽培できているみたいだ。

ガサガサッ

「あら、もういいの？　ヒールライトの栽培って、本当に難しいわ」

どうして今の揺れ方で、水はもういいってわかったんだろう。ごく稀に意思疎通がうまくいっているみたいだ。

それが魔族の血による力なのか、薬草と心を通わせ始めた影響なのかは、わからない。でも、おばあちゃんの栽培方法を著しい早さで吸収しているのは、間違いようのない事実だった。

このまま栽培を続けたら、本当にエイミーさんはヒールライトを育てられる植物学士になれるかもしれない。

少なくとも、イケメンさんは枯らさずに摘み取ることはできるだろう。

ただ、栽培を続ける中で、一点だけ気になることがあった。

「イケメンさんの魔力、ヒールライトにしては、随分と変わっていますね」

私が育てているヒールライトと比較すると、葉に含まれる魔力の成分が明らかに異なっている。

他のヒールライトと同様に金色に輝いているものの、少し濁っているようにも思えた。

「も、もしかして、イケメンさんは病気なのかしら」

「いいえ、そういうわけではないみたいです。もともと私の魔力で育てていたので、それがエイミーさんの魔力に置き換わった影響でしょう。栽培者が代わったことで、薬草にも変化が起こっているんだと思いますよ」

「へえー。じゃあ、うまく栽培できているのね。よかったわ」

問題ないと思います……と言ってあげたいところだが、私はその言葉を飲み込んで、再びイケメンさんの魔力に集中する。

昔の記憶を思い出してみても、こんな状況に陥《おちい》ったことはない。おばあちゃんから薬草を譲り受けた時も大きな変化は見られなかったし、ベールヌイの地に移植した時も問題はなかった。

逆にあの時は、おばあちゃんと私の魔力が同調していて、作業がやりやすかったくらいだ。

これまでのことを考えると、同じ家系である以上、私とおばあちゃんの魔力は似ているんだと推測できる。途中で栽培者が代わったとしても、ヒールライトもその魔力に順応しやすかったに違いない。

でも、魔族の血が混じるエイミーさんの魔力は違う。明らかにイケメンさんの魔力に異質なものが混じり始めて、変化していた。

薬草の特性を考えると、栽培者の想《おも》いがヒールライトに反映されたと考えるべきだ。

現状では、瘴気《しょうき》を作り始めた様子はないし、薬草が大好きなエイミーさんの想いを受け取ったところで悪く育つとも思えない。

悪影響を及ぼさないのであれば、このまま様子を見た方がいいだろう。

薬草の魔力が変わっただけで悪いものだと判断するわけにはいかない……と、私が難しく考える一方で、この状況を作り出したエイミーさんは恥ずかしそうにモジモジしていた。

「つまり、それはイケメンさんが私の色に染まってきたってこと？」

「意味深な言い方をすれば、そうなります」

「そうなのね。なんだか照れくさいわ」

ガサガサッ

その言い方はやめろ、とイケメンさんが突っ込んだところで、私も自分の薬草たちを構ってあげることにした。

昨日までリクさんがいなかったこともあり、不安な気持ちを共有させてしまった分、今日はいっぱい構ってあげよう。

すでに受け取っているかもしれないけど、幸せな気持ちもお裾分《すそわ》けしてあげないとね。

久しぶりに一株ずつ時間をかけて世話をしていると、朝ごはんの後片付けを終えたのか、リクさんがやってくる。

空気を読んだ薬草たちがスンッと大人しくしてくれたので、その厚意に甘えて、彼の元に近づいた。

「久々にヒールライトが咲き誇る光景を見ると、目を奪われるほど綺麗だな。不思議と心が落ち着いてくる」

……ガサッ

盛大に照れた薬草たちが、一株残らず小さく葉を揺らす。

どうやら薬草たちもリクさんに好意的な印象を持っているらしい。

「リクさんに流れる魔獣の血が、ヒールライトに癒されている影響なのかもしれませんね」

「暴れるだけの凶暴な魔獣だと思っていたが、意外に違うのかもしれないな」

「どうなんですかね。私は、大人しくていい子だと思っていますよ」

「俺は気分屋なやつだと思っているぞ。この地でヒールライトが育ち始めてから、性格がかなり変わった気がする」

「そういうものなんですかね。今はどんな性格の魔獣さんなんですか？」

「……この話はよそう。俺の尊厳に関《かか》わる気がしてきた」

急に目を逸らしたリクさんは、なぜか恥ずかしそうにしている。

いったいどんな魔獣に変わり始めているんだろうか。気になるけど、デリケートな問題なので、深く突っ込めない。

そんなことを考えていると、リクさんの視線がエイミーさんに注《そそ》がれた。

「彼女にもヒールライトを栽培させているのか？」

「一株だけですよ。うまくいくかは別にして、実際に育てて経験を積んだ方が有益かなーと思いまして」

「簡単な手伝いをさせるよりは、遥かに有意義なことだろう。随分と生き生きしているように見える」

薬草が大好きなエイミーさんは、魔族の血を気合いでなんとかして、栽培中は元気に過ごしている。

特に彼女が気合いを入れているものがスケッチであり、毎日イケメンさんの絵日記をつけていた。

「ハッ！　イケメンさん、ちょっと葉の模様が変わりましたね」

ガサガサッ

目をキラキラと輝かせて、薬草に話しかける彼女の姿を見れば、イケメンさんと心を通わせ始めたことにも納得がいく。

周りの目を気にすることもなく、薬草栽培に集中して、毎日楽しく過ごしているみたいだった。

「本当に魔蝕病にかかっているとは思えないな。魔族の血は随分と落ち着いているみたいだ」

エイミーさんがここに住み始めてから、魔蝕病による激痛が起こったとは聞いていない。

むしろ、ヒールライトの魔力と治療薬の影響で半日以上も眠る生活をしていて、とても落ち着いているように見える。

でも、イケメンさんの魔力が変化している影響か、エイミーさんも何かが変わり始めているような気がしてならなかった。

「リクさんは、魔蝕病について、どこまで知っているんですか？」

「以前、他の種族で魔獣化に似た問題がないか国王に訊《たず》ねた時に、魔蝕病が書かれた本を勧められて読んだことがある程度だ。実際にその病に冒されている人は初めて見るが、思っていた印象と違って、不思議に思っている」

確かに、初めてエイミーさんと出会った時、リクさんは真っ先に魔蝕病を患っていないか確認していた。

きっと本当に魔蝕病なのか疑いたくなるほど、彼女の容態は落ち着いているような状態なんだろう。

「普通の魔蝕病と症状が違うのであれば、ヒールライトを用いた薬が大きな影響を与えていると判断して間違いなさそうですね」

「ああ。本来の魔蝕病は、もっと悲惨なものだ。思春期に入り始めた頃から魔族の血が体を強く蝕《むしば》み始め、全身に強い痛みを感じて、そのことしか考えられずに暴れまわると聞いている。魔族の血が侵食した分だけ魔力が高まることもあり、魔物のように暴走してしまい、手が付けられなくなるそうだ」

エイミーさんが魔族になる病気と言っていたけど、本当はもっとそれに近づいて、とんでもないい。

状態を作り出してしまうみたいだ。

今はヒールライトで魔族の血が抑えられているから、変な影響が出ていないだけなのかもしれない。

「エイミーさんに魔族っぽい姿は見られません。逆に魔族の血が活動しない影響か、眠って過ごすことが多くて、体力の衰えが激しいんですよね」

「体の半分は魔族の血で動いているみたいだからな、仕方あるまい。他に変わったところはあるか？」

「いえ、特にありません。例えが良いか悪いかは別にして、大きな赤ちゃんみたいなんですよね。よく寝て、よく食べ、よく動く。本当に痛みはないみたいで、率先してお昼寝までしています」

「随分と健康的な生活をしているように聞こえるな。魔蝕病で苦しんだ分、思いっきり人生を楽しんでいるみたいで何よりだ」

魔獣化で悩むリクさんがそう言うのであれば、本当に私の気にしすぎなのかもしれない。

お昼寝している姿を見に行ったこともあるけど、素敵な夢を見ているみたいで、幸せそうな顔で涎《よだれ》を垂らしていたくらいだから。

でも、さっきもうまく会話をすり替えられたような気が……と思っていると、リクさんが真剣な表情を浮かべる。

「魔蝕病の進行具合はわからないが、俺の見る限り、彼女が人並み以上の魔力を有しているのは事実だ」

「そういえば、エイミーさんの魔力は魔族の血と連動している、みたいなことを言っていましたね」

「魔蝕病が進行した結果、すでにある程度は魔族化しているのかもしれない。このまま人族の姿で安定してくれるといいんだが」

他人事だと思えないのか、リクさんは大きなため息を吐いて、エイミーさんを心配していた。

一方、そんなリクさんの姿を見た私は、魔獣化のことが気になり始めている。

「エイミーさんの魔蝕病と違って、リクさんの魔獣の血は元気になったみたいですね。先ほどから、尻尾がリズミカルに踊っていますよ」

本当は見て見ぬふりをしてあげたいんだけど、リクさんの金色の尻尾が揺れて、構ってほしそうにペシペシと何度も当たっているのだから、仕方ない。

「そんなことはない……と言いたいところだが、隠しようがないな。屋敷に戻ってきてから、逆に魔獣の血が興奮しているように感じるんだ」

「リクさんの魔獣化にとっては、ヒールライトは毒にも薬にもなるのかもしれませんね」

もしかすると、完全に金色に染まってしまったリクさんの尻尾だけは、魔獣の血が動かしている可能性がある。ヒールライトの魔力を浴びて、駆け回りたい衝動にでも駆られているんだろうか。

……それにしても嬉《うれ》しそうに揺れているなーと眺めていると、リクさんが恥ずかしそうな顔で尻尾をつまみ、無理やり動きを止めていた。

「俺はヒールライトが毒になっているとは思わない。禍々しい魔獣の血が抑制された影響で、今までの魔獣化とは感覚が違うんだ。レーネの元に来れば、もう少し落ち着くと思ったんだが、逆効果

いた。

　突然、リクさんが話すことをやめたと思ったら、急に勢いよく走ってくるマノンさんの姿に気づ
「いや、どちらかといえば――」

「えっ？　もしかして、私、魔獣さんに嫌われてます？」

だったかもしれないな」

　モヤモヤする気持ちはあるものの、必死の形相を浮かべる彼女の方が気になってしまう。

「奥方！　例のブツが来た！」

　マノンさんがビシッと玄関の方を指で差すが、なんのことを言っているのかわからない。

　ただ、彼女がとても嬉しそうなことだけは伝わってくる。

「なんだか物騒な言い方ですね。何かありましたっけ？」

「大丈夫、来たらわかる。よし、奥方は一緒に行こう」

「えっ？　どうしてですか？」

「心配はいらない。リクも楽しみにしておくといい」

　それだけビシッと言い放ったマノンさんに連れられて、なぜか私は薬草菜園を後にするのだった。

＊＊＊

　マノンさんと一緒に屋敷の中に入ると、私はすぐに自室に案内される。

そして、侍女たちに囲まれるという身に覚えのある展開に加え、いきなり身ぐるみを引きはがされるという荒っぽい仕打ちを受けて、状況を把握した。

注文していた特注ドレスが届いたんだな、と。

ネタばらし、と言わんばかりにマノンさんが見せてきたのは、とても大人っぽいドレスだった。

花の刺繍《ししゅう》が散りばめられた上品なドレスで、落ち着いた緑色の生地が使用されている。スカートも前と後ろで丈の違うテールスカートになっていて、ついつい足元のヒールに目がいってしまう。

絵本で見ていたドレスを参考にして作ってもらったけど、みんなでデザインを考えた影響か、実物のドレスの方がずっと素敵に見える。

唯一の問題があるとすれば、思っている以上にヒールが高いことだけだ。

私、これを履《は》いて歩けるのかな……。

そんなことを悩んでいると、普段は大人しい侍女たちの目の色が変わっていることに気づく。

「やっぱり～」

「試着しないと～」

「始まらないよね～」

身の危険を感じたため、大人しくコクコクと頷《うなず》いた私は、着せ替え人形のようになった。

何の変哲もない今日という日にドレスを着るなんて、少しばかり恥ずかしい気持ちはある。

でも、しばらくドレスを着る予定はないし、作っただけで仕舞っておくのも、もったいない。侍女たちにせがまれたと思えば、それを着る正当な理由になる気がした。

生まれて初めての特注ドレスに感動しながら、袖《そで》を通していくと、あっという間に着替えが終わる。

「綺麗〜」

「素敵〜」

「可愛《かわい》い〜」

とても緩い反応を見せてくれる侍女たちだが、彼女たちは素直な子たちばかりだ。

しっかりと着付けしてくれたし、満足そうな表情を浮かべていた。

そこに、最後の仕上げと言わんばかりにマノンさんに身を預け、椅子に座って髪の毛をセットしてもらう。

あまりにも本格的な着付けだったので、私は思わずポカンッと口を開けてしまった。

「わざわざ髪の毛までセットする意味はあるんでしょうか」

「雰囲気が大事。ヒールにも慣れないといけないし、今日はこのまま過ごしてもらう」

「ええ……。でも、せっかく作っていただいたドレスが汚れるかもしれませんよ」

「洗えば大丈夫。それに、リクにも見せびらかせたい」

グッと力強く親指を立てるマノンさんと、頑張ってね、と言わんばかりに同じポーズを取った侍女たちを見る限り、本当の目的はそっちなんだと悟る。

どうやらリクさんが遠征でいなかった影響で、みんなにいろいろと気遣わせてしまったらしい。

ちゃんと気持ちを伝えておいた方がいいよ、という応援なんだと思う。

そんなことを計画していたなら、予《あらかじ》め教えてもらいたかったけど。

「突然、リクさんにドレス姿を見せに行ったら、困らせてしまいますよ。私にも心の準備というものがありますし……」

「大丈夫。さっき楽しみにしておくように言っておいた」

「それ、絶対に伝わっていませんよ」

「……。どっちみち先に歩く練習をしないといけないから、ゆっくりと心の準備を整えればいい」

「まあ、確かにそうですね」

マノンさんに髪の毛をアップにしてもらった後、いよいよヒールの高い靴を履かせてもらう。

普段は履かない靴のフィットする感触に戸惑いながら、ゆっくり立ち上がると、途轍《とてつ》もない違和感を覚えた。

「うわっ、すごくバランスが取りにくいですね。私、まっすぐ立てていますか？」

「問題ない。奥方の身長が伸びて、不思議な感じがするだけ」

「私からの視点も違和感があります。お互いに慣れないといけませんね」

「うん。そういった意味でも、屋敷の中を歩こう」

「わかりました。思っている以上に不安定なので、ゆっくり歩かせてください。……後、手を貸してください」

一人で歩くのが怖い私は、マノンさんの手を借りて、一歩ずつ屋敷の中を歩いていく。

使用人たちに温かい目線を向けられているのは、ドレス姿が似合っているからだと思いたい。

決して、ぎこちなく歩いているため、マノンさんに介護されているようにしか見えないというオチではない。……たぶん。

徐々にヒールの扱い方に慣れ始めてくる頃、私はマノンさんの手を放して、一人で歩き始める。支える手がなくなるだけでも、ちょっと怖い。しばらくはヒールで歩く練習をした方が良さそうだった。

ぬかるんだ土の上を裸足《はだし》で歩いている方が楽だなー……と、公爵夫人らしからぬことを考えていると、偶然、リクさんとバッタリ出会ってしまう。

「……」

「……」

相変わらず、こういう時は互いに無言だった。

しかし、今日はマノンさんが同行しているので、リクさんの元にサッと近づいて、フォローしてくれる。

「リク、何か奥方に言うことは？」

「あ、ああ。そ、その……き、綺麗だな」

リクさんがストレートな言葉で褒めてくれた！

ベールヌイ家に嫁《とつ》いできて、初めてのことではないだろうか……！

その言葉をいただけただけでも、ドレスを着た甲斐があったと思ってしまう。

「あ、ありがとうございます。でも、これはドレスが綺麗なだけで――うわあっ！」

急激に照れた私が言い訳した次の瞬間、慣れないヒールでバランスを崩し、リクさんの方にもたれかかってしまう。

咄嗟《とっさ》に反応したリクさんが抱きとめてくれた……ように思えたのだが。

「くぅ～ん、くぅ～ん」

いつの間にか地面に座っていた私は、魔獣化したリクさんに頭を押し付けられていた。

いっぱい頭を撫《な》でてほしい、と言わんばかりに、である。

あれ？　どうしてこんなことになっているんだろう。さっきまでリクさんは普通にしていたはずなのに、急に魔獣化している。

思わず、マノンさんもポカンッとしていた。

「奥方、どうしてこうなったの？」

「わかりません。転びかけたところを支えてもらっただけ、のはずなんですけど」

「傍《はた》から見ていてもそうだった。もしかしたら、奥方に興奮したリクが魔獣になった可能性が……」

「今日は物騒な言い方が多いですね。でも、仮に興奮していたとしたら、甘えてくる魔獣さんの方だと思いますよ」

少し前に見た時は大人しい子だったのに、今日の魔獣さんはとても甘えん坊になっている。

まさかとは思うけど、遠征で私に会えなくなったから魔獣化の進行が早まった……、なーんてことはさすがにないか。きっとヒールライトに私の魔力が含まれているから、親近感が湧《わ》いているのだと思う。

魔獣化したリクさんの背中を借りて立ち上がると、撫でられると思って期待したのか、つぶらな瞳で見上げてきた。

「くぅ～ん……」

その上目遣《うわめづか》い、ズルくない？

思わず、魔獣化したリクさんの頭を撫でていると、マノンさんがキリッと表情を引き締めた。

「とりあえず、リクの意識がなさそうだから、みんなに知らせてくる」

「わかりました」

獣人のみんなは、魔獣化したリクさんを恐れる傾向にある。

元の姿に戻るまでの間は、魔獣に懐《なつ》かれている私が面倒を見るべきだろう。

「万が一のことが起こる可能性もありますので、私はリクさんと薬草菜園で過ごすことにします。その方が魔獣化も落ち着きやすいと思いますから」

「わかった。じゃあ、裏庭には近寄らないように伝えておく」

「お願いします」

タタタッと急いで駆けていくマノンさんを見送った後、私は魔獣さんの背中に手を置いた。

「では、魔獣さん。裏庭まで歩くのは至難の業《わざ》なので、乗せていってください」

「ガウッ」

やっぱり言うことを聞いてくれるいい子だなーと思いつつ、そのもふもふした背中に身を任せるのだった。

＊＊＊

薬草菜園までやってきた私たちは、魔獣さんと共に地面に腰を下ろしていた。

魔獣さんが甘えたいのは間違いなく、私から少しも離れようとしない。彼の頭を撫でてあげると気持ち良さそうにして、ずっと甘えてばかりだった。

なぜなら、少しでも頭を撫でることをやめると――。

「くぅ～ん」

寂しそうな鳴き声と共に頭を押し付けて、ベタベタと甘えてくるのだから。

とてもではないが、リクさんが自分の意思でやっているとは思えない。

これには、近くで薬草をスケッチしていたエイミーさんも、驚きを隠せないでいる。

「私、お邪魔かしら」

ガサガサッ

空気読めよ、と言わんばかりにイケメンさんが揺れた。

でも、こんなことは今まで一度もなかっただけに、私も状況がうまく把握できていない。

「えーっと、お気遣いなく……？」

「別にいいわよ。私はもうそろそろ活動時間に限界が来る頃だし、マーベリックさんの方はそうでもないみたいだから」

「ガルルルル」

私が取られると思ったのか、小さく唸《うな》り声を上げた魔獣さんは、エイミーさんを睨《にら》みつける。

赤い瞳から放たれる鋭い眼光は、彼女を威圧しているみたいだった。

「心配しなくても、ご主人さまは取らないわ。睨むのは控えてちょうだい」

「ガルルルル」

「聞こえてないみたいね。これは他の獣人たちに近寄らないように言っておいた方が良さそうだわ」

魔族の血が流れるエイミーさんや、動物の本能で敏感に察知する獣人たちは、魔獣化の圧を必要以上に感じてしまう傾向にある。

こういった魔獣さんの姿を見ると、本当に彼は凶暴な性格なんだと実感した。

私にとっては、大きな番犬が唸っているようなものだけど。

「なんだかすみません。一応、マノンさんがみんなに警戒するように伝えてくれていますが、改めて現状を報告してもらえると助かります」

「わかったわ。いつもお世話になっている分、こういう時にちゃんと協力しないとね。強めに注意喚起しておかないと、獣人たちがパニックを起こしそうだもの」

「そうなんですよね。普段の魔獣さんはもっと大人しいので、問題ないはずなんですけど、今日はダメみたいです」

「レーネ先生が特別なんじゃないかしら。ワンちゃんにとっても、マーベリックさんにとっても、ね」

「……リクさんにとっても？」

唐突に気になることを言われた私は、首を傾げる。

しかし、エイミーさんはキョトンッとした表情を浮かべていた。

「あら、気づいてないの？　レーネ先生って、意外に鈍感なのね。彼、レーネ先生のことをずっと気にしているわよ」

「その話、詳しく聞かせてもらってもいいですか」

「ワンちゃんに怒られたくないから、遠慮させてもらうわ。それに、ふあぁ～……。もうお昼寝の時間なの」

魔獣さんに睨みつけられたエイミーさんは、追い払われるように屋敷へ戻っていった。

なんだか申し訳ないと思いつつも、魔族の血も影響していることなので、罪悪感はあまりない。

むしろ、鈍感だと言われたことの方が頭に引っ掛かっていた。

「リクさんは、そんなに気にかけてくれていたんですか？」

「くぅ～ん」

頭を強く擦《こす》りつけてくる魔獣さんは、ちゃんと言葉を理解しているように思える。

リクさんの意思によるものなのか、魔獣さんの意思によるものなのか、それとも両方ともそういう気持ちを抱いているのか……。

確認しようがないけど、一つだけ確かなことがあった。

魔獣さんは、素直で可愛《かわい》い。甘え上手なところも普段とギャップがあって、余計に愛らしく思えてしまう。

久しぶりにもふもふを堪能できると思った私は、魔獣化訓練の時に心地よさそうにしていた耳周りをワシャワシャしていく。

やっぱり体は正直なもので、魔獣さんの目がトローンとなり、次第に目を閉じていった。

ご満悦、と言わんばかりに幸せそうな表情を浮かべている。

この顔を独り占めしていると思うと、なんとも言えない幸福感に満ちていった。

私はエイミーさんとジャックスさんに、魔獣さんにとって特別な存在だと言われたことがあるけど、本当にそうなのかもしれない。

魔獣さんの幸せそうな顔に癒されていると、最近は寝不足気味だったこともあって、ついつい欠伸が出てしまう。

その瞬間、もふもふする手を少し止めたこともあり、パチッと目を開けた魔獣さんと目が合った。

「ガウ」

小さく鳴いた魔獣さんは体を近づけてきて、凛《りん》とした表情でお座りをする。

もふもふした毛並みが温かく、余計に眠たくなりそうで……あっ、寝かしつけようとしてくれているのかな。

「もたれかかっても大丈夫ですか?」

「ガウ」

許可が下りたので、吸い込まれるように体を預けると、私の体はふわふわした毛並みに包み込まれた。

温かい……。どことなく幸せな香りが鼻をくすぐってくる。

朝ごはんの香りと、太陽の香りと、リクさんの香り。それが妙に心地よくて、安堵の気持ちが生まれていた。

魔獣化したとしても、私にとってはリクさんに変わりない。

ここが世界で一番安らげる場所なんだと思う。

そんなことを考えていると、自然と瞼が落ちてきて、そのまま眠ってしまうのであった。

＊＊＊

肌寒い風が吹き、薬草をサーッと揺らす音が聞こえて、私は意識を取り戻す。

知らないうちに眠っていたみたいだ……と思いつつも、なんだか様子がおかしいことに気づく。

魔獣化したリクさんのもふもふした毛に包み込まれていたはずなのに、今はそれを感じられなかった。

なぜか横になっているし、急に寒くなった気がする。

手を動かしてペタペタと触ってみると、とにかくいろんな場所が固く、枕《まくら》も変な感じがした。

不審に思って目を開けてみると――、

「起きたみたいだな」

なぜかリクさんの顔が大きく映し出され、見下ろされている。

なんだ、この展開は。こんな角度から見るリクさんは、初めてだ。

……ん？　んんんっ⁉

急激に目が覚めてきた私は、バッと飛び起きる。すると、今まで頭を載せていた場所が、リクさんの太ももだったと判明した。

男性の太ももって、意外に固いんだな……。いや、今はそれどころじゃない。

「どうして私がリクさんに膝枕《ひざまくら》をされていたんですか？」

「俺が聞きたいくらいだ。魔獣化が解けたと思ったら、こうなっていた」

確かに、魔獣化していたリクさんが覚えているはずもない。

仮に記憶が残っていたとしたら、部屋に閉じこもりたくなるほど恥ずかしいことをしたと自覚して、居ても立ってもいられなくなるだろう。

しかし、平然とした顔で立ち上がったリクさんは、冷静に周囲を見渡して、堂々としている。

「パッと見た限り、魔獣化の被害があった形跡はないな。やはり毛並みが変わると、魔獣の性格も変わるみたいだ」

エイミーさんを威嚇していたので、一概にそうとは言えない。でも、魔獣さんの目的を考えると、そう受け取ることもできる。

私に甘えたくて、リクさんの体を乗っ取ったと考えたら、とても可愛らしい。凶暴という言葉が似合わない魔獣さんだった。

そんなこと、さすがにリクさんには言えないけど。

「私の知る範囲では、暴れていませんでしたよ。尻尾も元の銀色に戻りましたし、もう大丈夫そうですね」

「心配をかけたな。もっと自分の力で魔獣の血を抑えられればいいんだが」

「いえいえ、定期的に魔獣化していただいても大丈夫ですよ。とても大人しい子でしたので」

これは、甘え上手な魔獣さんをもふもふして戯《たわむ》れたい、という私の願望である。

「意識を奪われる身にもなってくれ。妙に心が晴れやかになっているだけに、何をしていたのか気になって仕方がない」

そう言われてみれば、リクさんは眠そうな目をしていたのに、今はスッキリとした表情を浮かべている。

もしかしたら、リクさんと魔獣さんの心は繋がってるのかもしれない。

もふもふされるのも好きだし、撫でられたい場所も同じだったし……。

リクさんって、本当は甘えたい願望でもあるのかな。

「何をしていたのか、知りたいですか?」

「いや、俺の尊厳に関わる気がして、聞いてはならない気がする」

ただし、リクさんはガードが固い。魔獣さんとは、そこが大きく違う。

リクさんの心の内を少しくらいは聞いてみたかったけど、どうやら難しいみたいだ。

でも、今は元気なリクさんが戻ってきてくれたことを、素直に喜びたい。

「今頃《いまごろ》口にするのは変かもしれませんが、一つだけお伝えしておくべきことがあるかもしれません」

「どうした？　やっぱり何かあったのか？」

力強い赤い瞳に見つめられた私は、大きく息を吸う。

そして、喜びを我慢できない子供のように頬《ほお》を緩めた。

「おかえりなさい」

こんな何気ない言葉を伝えられることが、今はとても嬉しい。

私の平穏な日常は、本当に戻ってきたのだ。

「ああ、ただいま」

優しく微笑み返してくれたリクさんと私は、自然と見つめ合う。

こうして二人だけで顔を合わせるのは、王都でデートした時以来だろうか。

それからすぐにリクさんが遠征に出かけて、ずっと寂しかったはずなのに、今は傍《そば》にいるだけで心が満たされている。

夫婦って、こういう感情を分かち合う人たちのことを言うのかな。リクさんは今、何を考えているんだろうか。

「リクさん、しばらくは屋敷にいてくれますよね？」

「そのつもりだ。心配をかけたな」

スーッとリクさんの大きな手が伸びてきて、私の頭を撫で始める。

数時間前とは、逆の立場になっていた。

もふもふされるのって、こんな気持ちなのかな。魔獣さんが撫でられたがっていたのも、なんだか納得する。

じゃあ、今度は私が頭を押し付ける番になるんだろうか。

それはさすがに恥ずかしいような——。

ガサガサッ

突然、今は来るんじゃない、とイケメンさんが揺れた音を聞いて、私は周囲を見渡す。

すると、両手に毛布を持つエイミーさんの姿が目に映った。

「ごめんなさい。やっぱり私、お邪魔だったかしら」

どうやら魔獣化が解けたことに気づいて、風邪を引かないように毛布を持ってきてくれたみたいだ。

彼女に悪気はないと思うけど……、なんとも間が悪い。

ガサガサッと揺れたイケメンさんが、悪い奴じゃないんだぜ、とフォローまでしてくれていた。

別に怒っているわけじゃないんだけど、私、今どんな顔をしているんだろう。

エイミーさんを邪魔者扱いするつもりはなくても、ムスッとしている自覚はあった。

「邪魔だったなんて、全然思ってないですよ」

「……ぷっ。そうかしら。二人ともそういう顔をしているようにしか見えないわよ」

ハッとした私とリクさんが顔を逸らしている間に、エイミーさんが毛布を広げながら、背後に近づいてくる。

「今は冷え込みが厳しい時期だから、屋敷に帰るまでの間、毛布を羽織った方がいいわ。もしくは、マーベリックさんが温めてあげるという選択肢もあると思うけど？」

「変なことを言うな。早くレーネに毛布を羽織らせてやってくれ」

「そう？　レーネ先生も満更ではないと――」

エイミーさんの言葉が途切れた瞬間、肩にかけようとしてくれていた毛布と共に、エイミーさんが勢いよくもたれかかってくる。

あまりにも不自然な展開に、私は眉《まゆ》をひそめた。

「エイミーさん？　どうかされましたか？」

「……」

言葉を発しないエイミーさんは、一向に離れようとしない。それどころか、ピクリッとも動く気配はなかった。

その光景を眺めていたリクさんは、真剣な表情に変わる。

「目は動いているから、意識はあるみたいだな。だが、顔色が悪いぞ。どうしたんだ?」

「え、ええ。ごめんなさい。全然平気よ。平気なんだけど……」

エイミーさんのぎこちない言葉遣いと、僅かに震えた声が、すべてを物語っている気がする。

「私、もしかしたら、死んだのかもしれないわ」

気づかぬうちに魔蝕病が進行していた。そう思うには、十分な言葉だった。

突然、エイミーさんの体が動かなくなってしまったため、みんなで手分けして対処することにした。

現場にいたリクさんにベッドまで運んでもらい、薬師の亀爺さまには診察をお願いしている。その間に侍女たちが部屋を暖めて、私とマノンさんは魔蝕病の治療薬を作っていた。

まだ命に関《かか》わるほど病が悪化したと決まったわけではない。でも、エイミーさんの様子がおかしかっただけに、不安な思いだけが募《つの》っていく。

今はそんな焦《あせ》る気持ちを必死に抑えて、丁寧に薬を調合することが精いっぱいだった。

「奥方、これだとヒールライトの量が多い」

「構いません。魔族の血をしっかりと抑えるためには、ヒールライトを多めに使用した方がいいと思います」

「でも、聞いていた魔蝕病の症状とは違う。魔蝕病が悪化したとは限らない。あれ？　じゃあ、どうして魔蝕病の治療薬を作ってる……？」

疑問を抱いたマノンさんは、自分の考えがまとまらないみたいで、珍しく混乱している。

今日も元気だったエイミーさんを知っている分、急にこんなことが起きてしまったら、戸惑うのも無理はなかった。

でも、今はのんびりと心を落ち着かせている場合じゃない。

エイミーさんの言葉の意味を考えたら、魔蝕病が悪化して、魔族になろうとしていると容易に推測できる。


『私、もしかしたら、死んだのかもしれないわ』


自分の体に起こった変化を感じとったエイミーさんは、体の大部分が魔族の血に支配され、人として生きられなくなったと感じたはずだから。

「今は魔蝕病の治療薬を作ることだけを考えましょう。他の病だった場合は、後で亀爺さまに処方してもらえれば大丈夫ですから」

「うん、わかった」

マノンさんを説得して、二人で魔蝕病の治療薬を作り終えると、私は一人でその場を離れる。

まだ他の病気の可能性も否定できないので、すぐに調合室を使えるようにしておきたい。そのため、身のこなしが素早いマノンさんに後片づけをお願いした。

一方、一刻も早く治療薬を届けなければならないと思う私は、急いで屋敷の廊下を駆け抜ける。

すぐにエイミーさんのいる病室までたどり着いたのはよかったものの、部屋の中は空気が重く、付き添ってくれているリクさんと亀爺さまが浮かない表情をしていた。

「魔蝕病の薬を調合してきました。エイミーさんは薬を飲めるような状態でしょうか」

「なんとも言えんのう。薬を飲ませることは可能じゃと思うが、かえって危険な状況に陥《おちい》るやもしれん」

「ど、どういうことですか？」

「結果だけ言ってしまえば、今回の件は、魔蝕病の進行を止められなかった影響じゃな」

亀爺さまの言葉を聞いても、素直にその言葉を受け入れることができない。

ベールヌイの地でヒールライトの魔力を浴び、ウォルスター男爵の開発した治療薬を飲んでいたのに、魔蝕病が進行するとは思えなかった。

エイミーさんだって、ずっと楽しそうにイケメンさんの世話していたから、病状は落ち着いていた……はずだったのに。

いったいどうして……？

「彼女の状態を見て思い出したんじゃが、魔蝕病の進行は、普通のヒールライトで抑えることができんのじゃ」

「なぜですか？　ヒールライトの魔力で、魔族の血は抑えられていましたよね」

「痛みを伴う症状は抑えることができても、進行を止められんのじゃよ。こればかりは仕方あるまい。すでに魔族化に向けて、体が変わり始めておる」

亀爺さまにそう言われて、エイミーさんの体を注視してみると、肌が僅《わず》かに黒くなっていた。まだ角や牙《きば》などは生えていないものの、確実に魔族に近づいているように見える。

やっぱりエイミーさんが『死んだかもしれない』と言っていたのは、人族の血が動かなくなり、魔族化が始まったことを察したからに違いない。

「じゃあ、今治療薬を飲んだら……」

「魔族の血が動きを止め、身体機能が停止し、死に至るやもしれん」

薬師として冷静に判断した亀爺さまの言葉は、とても残酷なものだった。

もはや、治療する術はない。エイミーさんが魔族になる姿を眺めることしかできなかった。

「奥さまや。ヒールライトが育つこの地で最期を迎えることは、魔蝕病の患者にとって、毒でもあり、薬にもなっておる。これでよかったんじゃよ」

二千年も生きた亀爺さまは、きっと正しいことを言っている。

でも、エイミーさんが死ぬことを前提としたその言葉は、決して簡単に受け入れられるものではなかった。

このままエイミーさんが魔族化した場合、彼女の意識はどうなるのかわからない。ただ、必死にこの状況を回避しようと試みてきた以上、良い予感はしなかった。

そのことを肯定するかのように、リクさんが目を光らせている。

公爵家の当主として、厳しい決断をくださなければならないと、何かを決意したような表情だった。

そして、それはエイミーさんも同じこと。この状況を受け入れるかのように、晴れやかな表情を浮かべている。

「レーネ先生、これは仕方ないことよ。魔蝕病を患《わずら》っている私でさえ、病気のことがよくわからないんだもの」

きっとエイミーさんは、最初からこうなることがわかっていたんだろう。

どこか生き急いでいるようだったし、魔蝕病のことは誤魔化《ごまか》してばかりで、詳しく話そうとしなかった。

今思えば、日に日に活動時間が短くなっていたのも、魔族化が進行していた影響なんだと理解できる。

体が魔族に近づいた分、ヒールライトの魔力の影響を強く受けて、動けなくなっていたんだ。

でも、それがエイミーさんにとって、不幸だったかどうかは別の話なのかもしれない。

僅かな時間しか活動できないハンデを背負いながらも、全力でイケメンさんの世話をして、毎日楽しそうに過ごしていた光景が目に浮かぶのだから。

「不思議ね。魔蝕病の痛みはなくて、少しくすぐったいくらいよ。ヒールライトにも、それを育ててくれたレーネ先生にも、ちゃんと感謝しないとね」

体の状態を冗談っぽく教えてくれるエイミーさんに、私はなんて声をかけたらいいんだろう。

本当にくすぐったいのか、無理やり明るく振る舞ってくれているのかは、わからない。ただ、エイミーさんの笑顔が眩《まぶ》しくて、かける言葉が見つからなかった。

このまま魔族化が進行する姿を見届けることしかできないのかな……と窓の外を眺めていると、突然、視界に違和感を抱く。

窓がグニャッと歪《ゆが》んだと思ったら、空間が裂けて、一人の見知った人物が姿を現したのだ。

「間に合わなかったみたいだな」

禍々《まがまが》しい魔物のような角を生やした、ベリーちゃんである。

初めて明るい場所で彼の姿を目の当《ま》たり《あ》にすると、今までと違う印象を抱く。

獣人とは似て非なる者であり、魔族であるのは一目瞭然だった。

そんなベリーちゃんが姿を現した途端、リクさんが今までで見たこともないほど険しい表情を浮かべる。

「魔王ベリアル……」

いろいろおかしいと思うところは多かったけど、まさかベリーちゃんが魔族の長、魔王さまだったとは思わなかった。

エイミーさんと同じで、あまり自分の事情を話さない人だったから。

リクさんも知っている情報は少ないみたいで、明らかに敵対するような雰囲気を放っている。

他国の人が急にベールヌイの地に侵入してきたとなれば、リクさんが警戒するのも当然だろう。

でも、今はそれどころじゃない。

「落ち着いてください、リクさん。エイミーさんの容態に関《かか》わりますから」

私は、ベリーちゃんが悪い人ではないと知っている。

今までトラブルを起こさないようにと、わざわざ気配を消して、こっそりと様子を見に来ていた。

何か理由でもない限り、獣人たちの前に姿を現して、警戒させるような人ではない。

しかし、敵対心を露わにするリクさんが気に入らないみたいで、ベリーちゃんも鋭い目つきを向けていた。

「ほお。貴様がリクとやらか。よもや、この時代の獣王だったとはな」

「こんな場所に出てきておいて、何を言う。目的はなんだ」

「焦るでない。まだ魔獣化も制御できていない子犬であろう。ちょいと躾《しつけ》でもしてやろうか？」

一触即発の空気に包まれて、下手《へた》に声をかけられない状況に陥ってしまう。

二人を落ち着かせる術がわからない。この間にも、エイミーさんは着実に魔族に近づいていっている。

いったいどうすればいいんだろう……と頭を悩ませていると、なぜかエイミーさんが申し訳なさそうに苦笑いを浮かべた。

「マーベリックさん、ごめんなさい。今日だけは許してあげて。その人は、私のパパなの」

エイミーさんの衝撃の告白を受けて、リクさんと亀爺さまが呆然《ぼうぜん》としてしまう。

一方、エイミーさんの声を聞いて安心したのか、ベリーちゃんは何事もなかったかのようにベッドに近づいていった。

「我が娘よ。残念ながら、魔族化するみたいだな」

寂《さび》しそうな表情でエイミーさんを見つめる姿を見て、本当にベリーちゃんが父親なんだと悟った。

魔王である彼が、他国に無断で侵入することの意味を知らないはずはない。でも、すべては死期の近いエイミーさんに必要なことだったと考えたら、合点がいく。

だって、亀爺さまが『普通のヒールライトでは、魔蝕病の進行を抑えることができない』と言っていたから。

「ベリーちゃんが銀色のヒールライトを探していたのは、エイミーさんの治療薬を作るためだったんですね」

「正確に言えば、魔族の血を封印するために探していた。魔蝕病を抑えるには、それしか方法がないのだ」

きっとこれまでの間、ベリーちゃんは各地で銀色のヒールライトを探し続けていたんだろう。最後の頼みの綱が、最近ベールヌイの地に咲いたばかりの私の薬草菜園だったんだと思う。

お守りに使用した儀式魔法も、本当は魔族の血を封印するために使おうとして、改良したものだったのかもしれない。

すべてはエイミーさんの魔蝕病を治そうとして、準備してきたことだったのだ。

でも、その希望の光を失った今となっては、残酷にも意味をなさない。

魔族化という道は避けられそうになかった。

「銀色のヒールライトが見つからなかった以上、エイミーさんはこのまま魔族になるしかないんですか?」

「いや、それもない」

しかし、真剣な表情を浮かべたベリーちゃんに、アッサリと否定されてしまう。

魔蝕病を治療する方法がなく、魔族化が進む中で、魔族にならない選択肢があるとすれば——。

「我が永遠の安らぎを与えてやろう。魔族化する前に、な」

ベリーちゃんが不穏な言葉を発した瞬間、部屋の空気が張り詰める。

命を刈り取ろうと手を突き出すが、そうはさせまいと、リクさんが妨害するように彼の手をつかんだ。

「待て。魔王とはいえ、勝手な行動は許さん。魔族化しても本人の意識が残る可能性もある」

「貴様の意見など聞いていない」

「彼女はこの国の人間だ。魔族のルールは通用しない」

再び一触即発な空気に包まれる中、エイミーさんが微笑む。

「マーベリックさん、気持ちは嬉《うれ》しいわ。でも、こう見えてもパパは優しい魔族よ。きっと私が苦しまない方法を選んでくれているだけなの」

私もベリーちゃんが率先してこんな行動を取るとは思えないし、彼は今、自分の感情を押し殺しているように見える。

エイミーさんの言う通り、魔蝕病のことを詳しく知っているからこそ、最後の手段を取ろうとしているのだ。

魔族と人族では考え方が違うのかもしれないが、父親である自分の手で大事な愛娘《まなむすめ》の命を奪おうとするなんて、とても重い決断だったに違いない。

エイミーさんを見つめる彼の優しい瞳《ひとみ》は、すでに後悔しているようにも見えていた。

「我が娘の体は、魔族の血に耐え得るものではない。このままでは、急速に体が腐敗し、不死者《ゾンビ》になってしまう。この場で選択を誤れば、生涯を苦痛で過ごす運命を背負うのだ」

淡々とした口調で話すベリーちゃんは、エイミーさんのことを重んじて、死を与えようとしている。

私には、その選択が正しいのかどうかはわからない。

ただ、エイミーさんが受け入れているのであれば、下手に口を挟んで、二人の決意を乱してはならないと思った。

「心配しなくても、私なら大丈夫よ。ここに来る前から覚悟していたし、悔《く》いのない人生を送ってきたつもりだから。一つだけ心残りがあるとすれば、最後までイケメンさんを育てられなかったことね。もう少し一緒に生きていたかったわ」

死を受け入れるエイミーさんを前にして、彼女の気持ちを尊重したのか、リクさんはベリーちゃんの手を離した。

このツラい現実を、私も受け入れなければならない。

そう思っていると……不意に、今までに感じたことのない違和感を覚える。

誰《だれ》かに呼ばれているような、引き留められているような、不思議な感覚があった。

「もはや時間がない。今代の獣王よ。今回は見逃し……」

同じように何かを感じたのか、ベリーちゃんも言葉に詰まり、部屋の中をゆっくりと見渡す。

しかし、嗅覚《きゅうかく》の鋭い獣人のリクさんは反応していないし、この部屋からは何も聞こえてこない。

感覚が曖昧《あいまい》だけど、きっと声や音を聞いているのではなく、全身に流れる魔力で感じとっているんだと思う。

魔族であるベリーちゃんはともかく、私にも訴えかけてくるのは……ヒールライトの魔力？　でも、いつも感じているものとは、何かが違う気もする。

奇妙な感覚に包まれながらも、少しずつその反応が近づいてくることを感じていると、廊下からドタバタと大きな音が聞こえ始めた。

その廊下を走る音と共に魔力の反応が近づいてきて、勢いよく扉が開かれると、マノンさんが姿を現す。

彼女の手に握られていたのは――。

「奥方、大変！　この薬草が急に暴《あば》れ出《だ》して、地面から飛び出てきた。何か訴えかけてきてるみたいで、すごいムズムズする」

待たせたな、と小さく揺れたイケメンさんは、銀色に輝く魔力を解き放っていた。

どうしてイケメンさんが急に変異したのかはわからない。しかし、その銀色の輝く魔力は透き通るほど綺麗《きれい》で、エイミーさんの純粋な心を表しているみたいだった。

これには、重い空気を放っていたベリーちゃんも笑みを浮かべずにはいられない。

「ククククッ。どうやって薬草を育てれば、地面から飛び出してくるのだ？」

「お言葉ですけど、この薬草は娘さんが育てられたものですよ」

「さすが我が娘だな。常識を打ち破る薬草を育て上げるとは」

「ベリーちゃんって、意外に調子がいい人なんですね」

娘には弱いんだなーと思っていると、エイミーさんの喉《のど》からヒューと音が鳴り、呼吸に障害が出始めた。

「急がねばマズいな。人族の血が停止してから、随分と時間が経《た》っておる。一時的に娘の体の時間を止めるぞ」

「ちょ、ちょっと待ってください」

非常事態であることには変わりないため、マノンさんからイケメンさんを受け取った私は、急いでエイミーさんにそれを持たせる。

「イケメンさんを握っていてください。どのみち今から必要になりますから」

「あり……がとう。ちゃんと、育てられたのかしら」

「バッチリですよ。良い植物学士になれると思います」

顔の筋肉も動かせなくなってきたのか、エイミーさんの表情は変わらない。でも、どことなく声音に喜びを感じ取れた。

これで最後まで育てられなかったと悔やんでいたイケメンさんの栽培を終え、もう彼女に悔いはないかもしれない。

しかし、それではイケメンさんが悔いを残してしまうだろう。

彼女の生きたい想《おも》いに応《こた》えて、わざわざ助けに来てくれたのだから。

エイミーさんにイケメンさんを持たせると、ベリーちゃんが彼女を魔力で包み込む。

すると、エイミーさんの体は微動だにしなくなり、呼吸すらも止まっていた。

「魔族化の進行を防ぐため、一時的に時間を止めておる。これで悪化することはないであろう。だが、問題もある。貴様は……、あの時に使った術式を覚えておるか？」

ベリーちゃんが言いたいのは、お守りに使った術のことだろう。

こんな状況とはいえ、リクさんにまだお守りを渡していないと気づいて、気遣ってくれたんだと思う。

「ぼんやりとした形でしか覚えていません。そもそも、人族は儀式魔法をほとんど使えないんですよ」

「難儀なことになったな。時間に干渉する魔法は扱いが難しく、儀式魔法と併用はできぬ。この状況では、魔族の血を封印するのは困難だ」

銀色のヒールライトが手に入り、ようやく希望の光が見えてきたのに、また別の問題が発生してしまう。

リクさんや亀爺さまに確認してみても、魔法に精通していないみたいで、首を横に振るだけだった。

こんな状況に追い込まれてしまったら、かなり曖昧《あいまい》な記憶だけど、私がやるしかない。

無理矢理ベリーちゃんに儀式魔法を用いてもらう選択肢もあるけど、彼が弱音を吐いている時点で、成功する可能性は限りなく低いと言える。

ここは一人の植物学士として、イケメンさんの想いを受け継ぎ、エイミーさんの治療に当たろう。

「覚えている範囲で術式を展開するので、間違っている部分は指摘してもらってもいいですか？」

「そうしたいところではあるが、口頭で間違いを伝えようにも、古代文字を理解できんのであろう？」

「このまま眺めているよりはマシです。扱うべき儀式魔法がわかっているなら、魔法陣を完成させることだけを考えましょう」

「……わかった。我の魔力にも限界があるゆえ、時間は半刻も残されていないと思ってくれ」

ベリーちゃんの言葉を聞いた私は、逸《はや》る気持ちを抑えながら、覚えている範囲で術式を展開していく。

正直に言って、魔法陣の全体像をぼんやりと覚えている程度にすぎない。ハッキリと覚えている部分は少なく、儀式魔法を完成させる自信はなかった。

……はずなのだが。

「なんだ。ハッキリと覚えておるではないか」

スムーズに術式を展開する私を見て、ベリーちゃんは目をパチクリさせている。

しかし、そのことに一番驚いているのは、私自身だった。

「いえ、覚えているわけではないんです。ただ、なんとなく術式が頭に思い浮かぶというか、自然と伝わってくるというか……」

不思議と心の中に温かい気持ちが集まっていて、次々に記憶が共有されるかのように、頭の中で魔法陣が構築され始めていた。

こんな経験は初めてのことだが、どうやってこんな現象が起きているのかぐらいは想像が付く。

空気中に含まれる魔力を介して、儀式魔法を見ていたヒールライトたちが古代文字を教えてくれているのだ。

きっとヒールライトたちの気持ちが一つになったことで、その強い想いが伝わってきているんだと思う。誰もがイケメンさんの意思を尊重して、エイミーさんを助けようとしてくれていた。

もしかしたら、これが本当の意味で薬草と対話するということなのかもしれない。

葉の揺れ方や魔力で薬草の情報や感情を読み取るのではなく、純粋に心を通わせることで気持ちが共有され、家族のような強い絆《きずな》が生まれる。

エイミーさんとイケメンさんが過ごした時間は短かったとしても、両者の間には確かな絆が結ばれていたんだ。

その強い絆で彼女の命を助けるために、私は儀式魔法を作動させた。

銀色の魔力がエイミーさんを包み込むと同時に、イケメンさんは僅かに葉を揺らす。

悔いのない満足そうなその葉の音は、私が今まで感じた中で一番嬉しそうな音色を響かせたのだった。

第七章 ✦ 贈り物

魔族の血を封印してから、二週間が過ぎる頃。

いつもと同じように薬草たちの世話をする私の元に、一歩ずつ大地を踏みしめるエイミーさんがゆっくりと近づいてきた。

まだまだぎこちない動きしかできないため、少しフラフラしている。それでも、魔族の血が封印された体に慣れ始めたみたいで、転ばずに歩けていた。

短い距離を歩いただけで、ふぅー……と、一息をつくくらいには疲労しているが。

「ようやくここまで一人で来られるようになったわ」

「お疲れさまです。随分と体力も戻ってきましたね」

魔族化が進行したことで、一時的に人族の血が止まったエイミーさんの体は、身体機能が大きく低下している。

その影響は生活に支障をきたすほどで、大きなダメージが残っていた。

力が入らなかったり、発作が起きたり、熱が出たりと、普通に生活するのも困難な状況で、体調を崩してばかりだったのだが……。

亀爺さまが薬の調合を頑張ってくれたこともあり、今は順調に回復してきている。

もちろん、エイミーさんがリハビリを頑張っている影響も大きいだろう。最初は侍女たちが補佐をしてくれていたけど、少しずつ自分の足で歩けるようになっている。

今日に至っては、一人で薬草菜園がある裏庭まで足を運ぶことにも成功していた。

これには、コッソリと後を付けていた侍女たちもニッコリである。

「ようやくたどり着けたね～」

「三回は転んでたけどね～」

「自分で起き上がるから偉いよね～」

完全に小さな子供扱いされているが、そんな言葉はエイミーさんの耳に入らない。

彼女が薬草菜園で考えることは、ヒールライトのことばかりなのだから。

「レーネ先生、今日は何をするのかしら」

目を輝かせるエイミーさんは、イケメンさんに命を繋《つな》いでもらったこともあって、今まで以上にやる気をみなぎらせている。

再び植物学士として活動するため、少しでも早く現場に復帰しようと、毎日こうして薬草菜園を訪れていた。

その姿を見たヒールライトたちにも、変化が起きている。

ガサガサッ

エイミーさんを歓迎するように揺れるようになったのだ。

彼女からイケメンさんの魔力を感じるのか、植物学士として認められたのかは、わからない。でも、私が育てるヒールライトたちは、明らかにエイミーさんに心を開き始めている。

今後、エイミーさんが仕事復帰できるようになったら、多くのヒールライトを預けてみるのもいいかもしれない。

きっと彼女なら、アタフタしながらでも収穫できるようになるまで育ててくれそうな気がする。

だから、今のうちに勉強してほしいとは思うんだけど……。

すでに今日は予定が入っているため、薬草菜園にあまり時間が費やせなかった。

「薬草菜園の草取りをやりたいところではあるんですが、今から別の用事があるんですよね」

「あら、珍しいのね。レーネ先生が薬草よりも優先することがあるなんて」

エイミーさんにキョトンッとした顔を向けられてしまうのも、無理はない。

今まで私が優先したことなんて、薬草と食事以外に思い当たる節がないのだから。

でも、今回の用事は薬草にも食事にも関連することである。

「今日はスイート野菜の収穫日なんですよ。よろしければ、エイミーさんも一緒に収穫のお手伝いに来られませんか？」

もともとスイート野菜は、薬草栽培の研究の副産物で作れるようになったものなので、エイミーさんの勉強にも繋がるはず。

おまけに、それを使ってエイミーさんの快気祝いをする予定もあり、リクさんに豪華な料理を振る舞ってもらう約束もしていた。

それを一番の楽しみにしている私は、思わず満面の笑みを浮かべてしまう。

「今夜はどんな料理が並ぶんでしょうねー」

「マーベリックさんの料理はおいしいものね……って、毎日料理に使用されているスイート野菜は、レーネ先生が作ってたの？」

「そういえば、まだお伝えしていませんでしたね。領民のみんなと裏山で栽培しているんですよ。ちょうど裏山に向かう時間になると、エイミーさんがお昼寝されていたので、知らな……あっ、早くも第一陣が届いたみたいです」

屋敷の方から目を輝かせたマノンさんが、急ぎ足でこっちに向かってくる。

「奥方、スイート野菜が大変なことになってる」

「やはりそうでしたか。今回はとんでもない豊作の予兆がありましたからね」

以前、ジャックスさんが頭を抱えた踊るスイートニンジンが現れたことで、野菜畑の状況は大きく変化している。

満開の花が咲き誇るかのように、スイート野菜が大量に熟しているのだ。

食べるのが大好きなマノンさんも、その光景を見ているため、慌《あわ》てずにはいられなかったらしい。

「奥方、前の規模と全然違う。次々に屋敷に運ばれてきて、早くも大収穫キャンペーンが始まってる」

「わかりました。どうやら悠長《ゆうちょう》に説明している時間はなさそうですね。肩を貸しますので、エイミーさんも一緒に行きましょう」

「え、ええ。わかったわ」

戸惑うエイミーさんと一緒に屋敷の庭に向かうと、そこには早くも大量の木箱が並べられていた。

領民たちがワイワイと賑わいを見せ、次々に馬車で運んでくる中、リクさんがその品質を確認するように目を光らせている。

白菜・ゴボウ・長ネギ……などなど、色鮮やかなスイート野菜が大豊作だった。

そのきっかけを作ってくれたリズミカルに踊っていたニンジンは、圧倒的な存在感を放ちながら運び込まれている。

「見て、奥方。このニンジンと身長が同じ」

マノンさんと同じ大きさまで伸びたスイートニンジンは、横幅だけを比べると彼女よりも大きい。

横に並べられると、とても自然に育った野菜だと思えなかった。

もはや、マノンさんが異常に小さいのではないか、という錯覚が起こり始めている。

私もこんなに大きなニンジンを見たのは、生まれて初めてのことだった。

当然、こんな状況になっているとは誰《だれ》も予測できなかったことなので、エイミーさんの開いた口が塞《ふさ》がらないのも、無理はない。

「私の知らないニンジンね。これ、本当にレーネ先生が作ったの?」

水やりをしていただけなので、これは紛れもなく、ここに集まった領民たちが栽培したものだ。

みんなが丹精を込めて育てた結果、スイート野菜が期待に応《こた》えておいしく実ってくれた……と、思っているのだが。

肝心の領民たちからは、熱い視線を向けられてしまう。

「お嬢だな」

「お嬢しかいねえよ」

「お嬢が作った」

監修していただけなのに、なぜ私の手柄になっているんだろうか。常識の範囲で考えられないことは、すべて私の影響で納める風潮ができている気がする。

ここはしっかりと反論したいけど、今はそれどころではない。

今回の収穫作業の指揮を任せていたはずのジャックスさんが、慌てた様子で近づいてきていた。

「嬢ちゃん、探したぜ。野菜の運搬も騎士団で手伝うことになったんだが、思った以上に収穫量が多くて、現場が混乱してる。早く野菜畑に行って、みんなを落ち着かせてくれ」

「ええー……。そういった統率する役目は、ジャックスさんの方が適任だと思いますけど」

「ダメだ。責任者の嬢ちゃんがいねえと、ちょっとした疑問や揉《も》め事《ごと》が発生した時に対処の仕方がわからねえんだ。その現場で一番混乱していた俺《おれ》が言うんだから、間違いねえぜ」

確かにジャックスさんは、躍るスイートニンジンにもてあそばれている節があった。

農家出身の方でもないので、なんでもかんでも彼を頼るのはよくなかったかもしれない。

「わかりました。私もすぐに収穫作業を手伝いに行きます。エイミーさんはどうされますか？」

「そうね。言ってみたい気持ちはあるけど……。作業の邪魔にならないかしら」

「大丈夫だと思いますよ。むしろ、簡単な作業を手伝ってもらえるとありがたいです」

「わかったわ。じゃあ、連れて行ってもらうわ。実はスイート野菜の畑は見たことがなかったから、興味があったのよね」

やっぱり薬草に関連することには興味があるんだなーと思いつつ、私たちは裏山に向かうことにした。

＊＊＊

歩けないエイミーさんを荷車に乗せて、裏山を訪れた私たちは、すぐに大勢の領民たちと収穫作業を進めた。

熟したスイート野菜を選別して、実を傷つけないように丁寧に摘み取る。単純な作業ではあるものの、みんなで育てたスイート野菜なので、誰もが大切に取り扱っていた。

これには、スイート野菜の畑を初めて訪れたエイミーさんも目を輝かせている。

「こんなに広い土地でスイート野菜を栽培していたのね。本当に大収穫キャンペーンだわ……」

感動するエイミーさんの姿を見て、栽培を続けてきた領民たちは誇らしげにしていた。

ベールヌイ家以外の貴族が訪れたのも、私以外の植物学士が訪れたのも、これが初めてのこと。

エイミーさんはまだ植物学士として活動した時間は短いけど、領民たちには関係ない。彼女の反応を見るだけでも自信に繋がるだろうし、言葉を交わすと良い刺激を受けられるだろう。

それだけに、彼女に任せてみたい仕事があった。

「エイミーさん。領民たちが迷わなくても済むように、収穫できそうなスイート野菜に目印を付けていってもらえませんか？」

「わかったわ。でも、どのスイート野菜もとても色合いが綺麗《きれい》だし、含まれる魔力も豊富よ」

「ほとんど収穫しても構わない状態なので、深く考えなくても大丈夫です。僅《わず》かでも魔力量や色合いの違いがわかってくれれば、薬草の病気とか不調に気づきやすくなり――」

「やってみるわ！　色合いと魔力を見ればいいのね！」

薬草栽培に繋がることだとわかり、目の色を変えたエイミーさんは、小さな歩幅で野菜畑に足を踏み入れていった。

まだまだ彼女はリハビリ期間なので、無理はさせられない。でも、時間は有効に使って、早く成長させてあげたかった。

魔蝕病が完治したエイミーさんは、生き急ぐ必要がないとわかっている。だからこそ、純粋な気持ちで薬草栽培を楽しみ、立派な植物学士に育ってほしいと思っていた。

その大きな一歩を進むためにも、これだけ立派なものがたくさん収穫できるんだと、今は強く実感してほしい。

「今日はたくさん収穫して、街に運びますよ。植物学士の仕事は、薬草を育てることだけじゃありませんからね」

「確かにそうね。ヒールライト以外にも素敵な薬草はたくさんあるし、スイート野菜も魅力的だわ」

「失敗も成功も経験しておいて損はありません。個人的には、エイミーさんにもスイート野菜の畑を持っていただきたいくらいですね」

「ええっ！　私はヒールライトを一株栽培するだけでも手いっぱいだったのよ。無理じゃないかしら」

「ヒールライトの栽培より、スイート野菜の栽培の方が簡単ですよ。ここにはお手伝いしてくださる方もたくさんいますし、そちらの方がみなさんの給料も増えますからね」

私がそう言った瞬間、話が聞こえていた領民たちは表情を引き締めて、こっちを向いた。

「栽培量が増えるに越したことはねえよ、二人目のお嬢」

「ここでは、採れたてのスイート野菜をつまみ食いできるんだぜ、二人目のお嬢」

「罪悪感を覚えながらつまみ食いするのが、至福のひと時ってもんよ、二人目のお嬢」

すっかりつまみ食いが大好きになった領民たちの言葉を聞いて、私はエイミーさんの紹介を忘れていたことに気づく。

変なあだ名が定着しないようにしてあげないと……と思っていた次の瞬間、エイミーさんが噴き出すように笑い始めてしまった。

「ぷっ。レーネ先生が管理しているとよくわかる話ね。普通の植物学士が聞いていたら、卒倒してもおかしくないわよ」

領民たちの意見は、私だけの影響ではなく、ベールヌイの地の文化も混じっていると思う。でも、今は余計なことを言わないようにした。

初めてエイミーさんが笑った姿を見て、本当に魔蝕病から解放されたんだなーと実感したから。

＊＊＊

みんなで収穫作業を続けて、夕暮れ時になる頃。

とんでもない量のスイート野菜が持ち運ばれたベールヌイ家の屋敷では、その対処に追われていた。

領内に安価で卸したり、干し野菜にしたり、保管庫に入れたり。

騎士団や侍女たちにも手伝ってもらい、ようやく終わりの目途《めど》が立つくらいには忙しかった。

当然、前回よりも収穫量が増えたことで、領民たちにも過剰労働をさせてしまっている。

そのため、この忙しさと大量のスイート野菜を逆手に取り、お給金とは違う形で還元することにした。

「困りましたね。予想以上に収穫量が多かったので、スイート野菜を処理しきれません。このまま無駄にするのはもったいないので、領民の皆さんで持ち帰ってください」

領民たちはつまみ食いをするものの、収穫して運んだものは商品と見ているのか、これまで頑《かたく》なに持ち帰ろうとしなかった。

あくまでスイート野菜は貴族が買うものであり、自分たちがもらうわけにはいかないと思っていたんだろう。

でも、今回は違う。領民たちが持ち帰らなければ、処分するしかないのだから。

「一気に収穫するのは、罠《わな》だったか。お嬢に嵌《は》められたな……」

「諦《あきら》めろ。どのみち収穫量が多すぎる。遅かれ早かれこうなっていたはずだ」

「そうだな。頑張ったご褒美ということで、ありがたくもらっていこうぜ」

領民たちはブツブツと言いながらも、なんだかんだで嬉《うれ》しそうな顔をして、スイート野菜を受け取ってくれる。

強引《ごういん》な方法だったかもしれないけど、自分で作った野菜を家族と一緒に食べてほしい。スイート野菜を使ったおいしい料理で、一家団欒《いっかだんらん》のひと時を過ごしてもらいたかった。

それがベールヌイの地で私が感じた幸せであり、スイート野菜の栽培を通じて、広めていきたいことだ。

まあ、今夜のベールヌイ家の屋敷では、もっとすごいことになる予定だけど。

＊＊＊

すべての作業を終えた頃。ようやく夜ごはんにありつけるようになった私は、ルンルン気分で食堂にたどり着く。

そこには、早くも大勢の獣人たちがワイワイと賑わい、エイミーさんの快気祝いを始めていた。

最近、ずっとリハビリを頑張っている姿を見られる影響か、彼女は肉食系獣人たちに囲まれている。

「今まで肉を食う量が少なかったんだな。そいつは病気になっちまうってもんよ」

「間違いねえ。そして、病気は肉を食えば治るのも、また事実だ」

「さあ、肉を食え。ベールヌイ家の屋敷では、遠慮なんていらねえぞ」

肉食系獣人たちの極端な思考と食生活は、今に始まったものではない。彼らにとって、肉が一番大事な食材であるのは間違いなかった。

でも、それをエイミーさんに強要するのはやめてほしい。

「はいはい、そこまでですよ。人族は野菜も食べないと病気になりますからね。あっ、そうだ。早くしないと、向こうのテーブルに置かれたステーキが無くなりますよ」

ピューッと風が吹いたかのように、肉食系獣人たちは姿を消した。

彼らが病気になる姿は想像できないので、本当に肉だけ食べていれば健康になれる種族なのかもしれない。

仮に苦しんでいる姿を見るとしたら、おそらく食べすぎによる腹痛だけである。

そんな肉食系獣人たちから解放されたエイミーさんは、ホッと安堵《あんど》するようにため息を吐《つ》いていた。

「レーネ先生、ありがとう。心配してくれているだけに、ちょっと断りにくかったのよ」

「いえいえ。彼らも悪い人たちではないんですよ。肉がすべて、というだけであって」

「わかってるわ。こうして一緒に快気祝いをしてくれるだけでも、ありがたい気持ちでいっぱいだもの」

エイミーさんの傍《そば》がガラ空きになったため、私は彼女の隣に腰を下ろした。

するとすぐにリクさんが夜ごはんを持ってきてくれる。

「ご苦労だったな。今日のメイン料理は、肉団子の甘酢餡《あまずあん》かけだぞ」

そう言って渡してくれたのは、同じ挽き肉を使った料理、ハンバーグよりもインパクトのあるものだった。

皿の上にドシッと鎮座するのは、コッテリとしたタレを身にまとった肉団子で、その肉々しさを表すかのように表面がゴツゴツとしている。

リクさんのことだから、大量に収穫したスイート野菜を使った料理を出してくると思い込んでいた。

それなのに、まさかメイン料理に肉団子を選ぶなんて……。

とても嬉《うれ》しいの一言に尽きる！　私も肉食系獣人たちに強く言えないほど、肉が大好きだ！

もしかしたら、ミノタウロスを討伐してきた時から、リクさんはメニューを決めていたのかもしれない。自分で獲ってきた食材で、エイミーさんの快気祝いをしてあげたかったんだろう。

そんなことを考えながら、早速、私は肉団子にかぶりつく。

一噛《か》みした瞬間、肉汁が滴《したた》り落ちるほど溢《あふ》れ出てきて、口内が一気に旨味《うまみ》で埋め尽くされてしまう。粗《あら》めの挽き肉を使用することで、肉の味がしっかりしているのもポイントが高い。

しかし、何よりも肉団子の味を引き締めていたのは、甘酢餡だった。

まろやかな酸味と肉の旨味を邪魔しない甘味が合わさり、深い味わいに変化している。

このフルーティーな甘さは果物ではなく、きっと――。

「甘酢餡にスイート野菜を使われていますか？」

「よくわかったな。スイートニンジンをすりつぶしたものを混ぜて、その独特な甘味を足している」

やっぱりスイート野菜の甘味だったのか……と、私は納得するように頷《うなず》く。

その話が気になったのか、隣でエイミーさんが甘酢餡だけを口にしていた。

「味わい深い甘酢だと思っていたけど、スイート野菜を使っていたのね。でも、何度食べてみても、それが入っているとわからないわ」

「私もわかることの方が少ないですよ。漠然としたおいしさを感じてばかりで、ついつい食べすぎてしまうんですよね……」

「ここの料理はいつでもおいしいものね。気持ちがわからないでもないわ」

エイミーさんと二人でリクさんの料理を称えていると、リクさんにライバル意識を燃やすマノンさんがやってくる。

その手には、深い色合いになるまで煮込まれた別の料理が載せられていた。

「奥方もエイミーも、絶対にビーフシチューの方が好き」

スイート野菜をたっぷりと使った具だくさんのビーフシチューは、色味が濃く、大胆にカットされた肉がゴロゴロと入っている。

リクさんが意表を突いた肉団子で攻めてくる中、マノンさんはスイート野菜を活かした料理で勝負を挑んだみたいだ。

ただ、ビーフシチューに関しては、とても気になることがある。

「随分としっかり煮込まれたみたいですね」

見ただけでもおいしいとわかるほどには、スイート野菜にビーフシチューの旨味が染み込んでいる。野菜と肉の繊維がほどけていて、とても柔らかそうな印象だった。

「午後からずっと煮込んでた」

「どうりで途中から姿を見かけないと思いました」

専属侍女としては褒められた行動ではないかもしれないが、料理で奉仕してくれるのは、素直に嬉しい。

ベールヌイ家らしい侍女とも言えるし、仕事で疲れ切った主《あるじ》を癒《いや》すという意味では、素晴らしいと思った。

こうやって甘やかしてきた影響もあるのかなーと思いつつ、スプーンで一口いただくと、濃厚な味わいが口いっぱいに広がる。

赤ワインの豊かな香りと酸味に、スイート野菜の甘みがマッチしていて、見た目以上に重くない。肉は噛まなくてもホロホロと崩れるし、パンをちょんちょんっと付けて食べると――。

幸せの味がする……！　ビーフシチューとパンの組み合わせは、なんて格別なんだろうか。

そんな私の気持ちを表すかのように、エイミーさんは目を閉じて、じっくりと味わっていた。

「贅沢《ぜいたく》な料理ばかりね～……。あまりにも幸せすぎて、眠ってしまいそうだわ」

「わかります。おいしい料理を食べている時が一番幸せですよねー」

「そうね。人族って素晴らしいわ。こんなにもゆったりして、幸せを噛み締《し》めることができるんだもの」

結局、私たちでは二人の料理に優劣をつけられず、おいしくいただくことしかできない。

リクさんの肉団子にも、マノンさんのビーフシチューにも、自然と手が伸びてしまっていた。

二人の料理はどちらもおいしいという結論でいいと思っているし、リクさんも勝ち負けは気にした様子はない。

しかし、マノンさんのライオン魂に火が付いたこともあって、彼女は少し不満そうな顔をしていた。

「仕方ないのう。我が結果を決めてやろう」

そこに現れたのは、最近何かと理由を付けて夜ごはんを食べに来るベリーちゃんである。

もはや、彼は気配や姿を隠すつもりはない。堂々と席に座り、食事を始めようとしていた。

すっかりマノンさんが懐《なつ》いているので、放っておいても問題はないだろう。

「魔王、今日の料理はひと味違う。心して食べるといい」

「ほお、随分と手が込んでいるみたいだな。その凶暴な獣の血を持つ者が作ったことを考慮して、温かいうちに食べてやろう」

「うん、早く食べた方がいい。あまりのんびりしていると、がおーっと怒るかもしれない。百獣の王女ゆえに」

「ククク、心地よい圧力だ。その程度では、我を驚かせることはできんぞ？」

「ぐっ、さすが魔王……。この重圧を難なく受け入れるとは」

子供の扱いに慣れたパパにしか見えないのは、気のせいだろうか。マノンさんの遊び相手が一番うまい気がする。

その一方で、大人に対する扱いはイマイチだった。

「リクとやらも料理を持ってこんと、食べ比べができないであろう。はようせい」

「どうして俺が魔王の食事を用意しなければならないんだ」

「何を当たり前のことを言うておるのだ。我は魔王ぞ？　もてなすのは当然であろう」

「その理屈はおかしいと思うんだがな。こっちは一度も招待していないというのに……」

文句を言いながらも、優しいリクさんは肉団子を取りに行ってくれた。

こうしてなんだかんだでベリーちゃんは、毎晩のようにもてなされ続けている。

今日もおいしそうに料理を口にする彼の姿は、とても満足しているように見えた。

そんな中、珍しく食事を終えた亀爺さまが、ベリーちゃんの元に近づいてくる。

「ずっと心のどこかに引っ掛かっておったんじゃが、ベリーちゃんというのは、あのベリーちゃんのことですかのう？」

「ん？　我以外にもベリーちゃんという稀有《けう》なあだ名を付けられた者がおるのか？」

ベリーちゃんはそのあだ名を気に入っていると言っていたものの、普通ではないと自覚していたみたいだ。

亀爺さまも思い当たる人物が一人しかいないと思ったから、わざわざ本人に聞きに来たんだろう。

「最初はわからなかったんじゃが、ワシが知っている魔族とそっくりでのう。何せ千八百年近くも前のことゆえに、別人の可能性もあるんじゃが」

「千八百年前……？　むむっ！　もしや、貴様はあの時の亀の小僧か⁉」

「おおー……！　やはり、あのベリーちゃんでしたか！　実にお懐かしい」

「魔力を探らねばわからなかったぞ。随分と年老いた爺になったものだな」

「お恥ずかしながら、老いには敵《かな》いませんぞ。その変なあだ名を聞いても、なかなか思い出せなかったくらいですわい」

突然、同窓会のような雰囲気に包まれた二人は、まさかの感動の再会を果たしていた。

まず、千八百年という長い時間を生きていることがすごい。しかし、それ以上にこうして再開できることがすごいと思った。

それと同時に、ベリーちゃんは何歳なの？　という疑問は生まれてくるが。

このことには、肉団子を持って戻ってきたリクさんも驚いていた。

「まさか亀爺と魔王が知り合いだったとはな。意外な組み合わせだ」

「昔の獣人国はかなり小規模であったからな。関《かか》わりを持たぬ者はいなかったであろう。まあ、当時のことを感謝するのであれば、今後はもっとサービスしても構わんのだぞ？」

「いや、断る。昔のベールヌイ家がどういう対応をしていたのかはわからないが、今は必要以上に慣れ合うべきではない」

「相変わらず、獣王の血を受け継ぐ者は頭が固いみたいだな。少しはヒールライトを受け継いだ者みたいに、我を敬《うやま》えばいいものを」

ベリーちゃんの言葉を聞いて、私はいろいろなことを思い出していた。

亀爺さまがヒールライトの光景をよく覚えていることも、フェンリルを従えていた聖女のことも、ベリーちゃんがヒールライトに詳しいことも。

すべては昔のこの国に起こった出来事に繋がっている気がする。

もしかしたら、失われたアーネスト家の詳しい話も、ベリーちゃんなら知っているのかもしれない。

「ベリーちゃんは、私のご先祖様もご存知なんですか？」

「うむ、当然であろう。なんといっても、我にベリーちゃんという稀有なあだ名をつけた張本人だからのう」

「そ、そうだったんですね……」

「なかなかユニークであろう。我は気に入っておるぞ」

ククク ッと嬉しそうに笑うベリーちゃんだが、私は苦笑いを浮かべることしかできなかった。

ご先祖さま……。聖女と称えられるような偉大な方であったとしても、ネーミングセンスはなかったみたいですね……。

でも、本当にベリーちゃんとご先祖様に関《かか》わりがあるとわかり、私は安堵する。

その一方で、なぜかリクさんに不審な目を向けられていた。

「前から気になっていたんだが、いつの間にレーネは魔王と親密な関係になっていたんだ？　俺が初めて会った時には、すでにあだ名で呼んでいた気がするんだが」

不意に訊《たず》ねられた瞬間、私はなんて答えたらいいのかわからなくなり、思わず身動きが取れなくなってしまう。

今まで気にしていなかったけど、これはまずい状況ではないだろうか。浮気《うわき》をしたつもりはなくても、誤解を与えるには十分な状況が生まれているのは、一目瞭然だった。

その証拠と言わんばかりに、リクさんの赤い瞳《ひとみ》が揺れている。

しかし、まだヒールライトのお守りを渡していないだけに、詳しい説明をすることができなかった。

「えっと、深い関係ではないですよ。ちょっとした知り合いなんです」

「……そうか」

「ほ、本当ですよ。魔族っぽいなと思っていましたけど、素性とかも全然わからなかったんです。まさか他国の魔王さまだとは思いませんでした」

「確かに、こんなに堂々と不法侵入してくる者が、魔王だとは思うまい。だが、レーネは素性も知らない男のことを、あだ名で呼んだりするものなのか？」

「いえ、それは本人の希望と言いますか、押し切られたと言いますか……」

どうしよう、誤魔化《ごまか》そうとすればするほど、どんどん話がややこしくなる。

そう焦《あせ》る私を横目に見たベリーちゃんは、ニヤニヤした表情を浮かべていた。

「獣王の血を引いている癖《くせ》に、心が狭いのう。男と話した程度でヤキモチを焼いていたら、不仲の原因を作るだけだぞ?」

「魔王ともあろう奴《やつ》が、つまらんことを言ってくるものだな」

「ククク ッ。それでは図星だと言っているようなものだ。まだまだ青い奴だのう」

リクさんは煽られたことにイラッとしたのか、肉団子の載った皿に手をかける。

「残念ながら、肉団子は口に合わなかったみたいだな」

しかし、リクさんの手をガシッと引き留めたベリーちゃんは、その行為を妨害した。

「焦るでない、獣王よ。心配せんでも、我らはやましい関係ではないぞ。銀色のヒールライトを探す手伝いをしてもらっていただけだ」

そっちの理由を言えばよかったのか……と思った私は、うんうんっと何度も力強く頷いた。

ちょっと変に思われるかもしれないけど、下手《へた》に口を挟むと余計なことを言いかねない。

肉団子を人質に取られたベリーちゃんのナイスフォローに、身を委《ゆだ》ねるしかなかった。

「少し怪しい気もするが、さすがに魔王もそこまで馬鹿《ばか》ではないだろう」

「本当に頭の固い奴だな。大事な愛娘《まなむすめ》が死にかけていた時に、そんな気持ちを抱くと思うか?」

「……悪かった。今日は特別にデザートも出してやろう」

「うむ。もっと我をもてなすがよい」

なんとか誤解されずに済んで、私はホッと安堵する。

リクさんの尻尾《しっぽ》もリズミカルに揺れていたので、この問題は落ち着いた気がしたと思った。

＊＊＊

夜ごはんを食べ終えた後、魔王城に帰るベリーちゃんを見送るべく、私はリクさんと一緒に裏庭に足を運んでいた。

「見送りご苦労であったな。また明日の夜ごはんも頼むぞ」

ベリーちゃんはすまし顔で予約していくが、ここはレストランではない。

彼が魔王さまであることを考えると、食事の時間を一緒に過ごし続けるのは、あまり良くない気がしている。

呆《あき》れたリクさんが大きなため息を吐いているので、間違いないことだろう。

「いい加減に不法侵入はやめてくれ。国際問題になっても責任は取れないぞ」

「我が好きで来ておるのだ、問題なかろう。小さいことばかり言っておっては、女にモテぬぞ？　もっと心に余裕を持つべきだな、クククッ」

それだけ言うと、ベリーちゃんは不気味に笑いながら闇夜《やみよ》に消えていった。

私たちのことを応援してくれているのか、リクさんをからかいたいだけなのかは、わからない。

ただ、どこか憎めない存在であり、自然と受け入れてしまう自分がいる。

「悪い人ではないんですけどね。きっとエイミーさんが心配で仕方ないんですよ」

「わかっているが、このまま入《い》り浸《びた》られても困る。正式な手続きさえ踏んでくれれば、来賓として招くんだが」

頭を抱えるリクさんには申し訳ないけど、私はもう少しこういう時間が続いてほしいと思っている。

本来であれば、魔族を統《す》べる王であるベリーちゃんに対して、私たちはもっと盛大にもてなさなければならない。

ベリーちゃん、などとあだ名で呼び、普通に食事を楽しむなんて、無下に扱っていると思われてもおかしくはない状況だった。

でも、ベリーちゃんはそういう扱いをされたくなくて、わざと押しかけて来ているような気もするが……。

「面倒な手続きをするような方ではありませんよね」

「間違いない。ややこしいことにならないように願うしかないな」

リクさんとベリーちゃんが喧嘩《けんか》を始めない限り、このまま温かい目で見守るべきだろう。

エイミーさんの命が助かった以上、ベリーちゃんもおかしな行動を取らないと思うから。

せめて、エイミーさんが完治するまでの間は、大目に見てあげてほしいと思った。

なんだかんだで賑やかなベリーちゃんがいなくなると、虚無感に包まれるように静寂な夜が訪れる。

その瞬間、久しぶりにリクさんと二人きりになったことに気づいた。

こういう時、ヒールライトの魔力はとても綺麗な景色を彩《いろど》ってくれるので、とてもありがたい。

幻想的な雰囲気に包まれた今、私はこのチャンスを逃すべきではないと考えている。

お守りが完成したにもかかわらず、渡す機会に恵まれなくて、今日までズルズルと月日が流れてばかりだった。

その影響もあって、先ほどはベリーちゃんとの関係も曖昧《あいまい》に誤魔化すしかなかったので、これ以上は先伸ばしすることはできない。

次はいつ二人きりになれるかわからないから、このタイミングでお守りを渡すしかなかった。

「ところでリクさん――」

「ところでレーネ――」

思い切って話を切り出そうとした時、リクさんも何か言いたいことがあったみたいで、偶然にも言葉が重なってしまう。

勇気を振り絞って声をかけただけに、一度止められると言い出しにくかった。

「私は後で大丈夫です。お先にどうぞ」

「いや、俺の方こそ後で構わない。先に話を聞こう」

「いえいえ、私の方が後で構わな……またこのパターンですね」

「そうだな。まさかレーネも言い出しにくいことがあったとは」

似たもの夫婦とはよく聞くけど、似ないでほしいところが似てしまった気がする。

また心の探り合いが始まるところだった。

「では、今回も同時に言いましょうか」

「ああ。あまり先伸ばしにしたくはない」

ポケットの中に手を入れ、ずっと渡しそびれていたお守りをつかむ。

「いきますよ。せーのっ」

大きく息を吸った私はギュッと目を閉じて、勢いよく手を差し出した。

「これを受け取ってください」

「これを受け取ってくれ」

ん？と思って目を開けると、リクさんも同じように手を差し出していた。

その手には、リクさんの瞳《ひとみ》と同じ赤い宝石が付けられたネックレスがある。

「考えていたことも同じみたいですね」

「そのようだな」

納得するように頷くリクさんは、顔を赤くして目を逸らした。

「ベールヌイの地で暮らす限り、今後も何が起こるかわからない。離れていたとしても、心だけは傍に置いてやりたいと……思ってな」

どうやらリクさんがいない間、寂《さび》しく過ごしていたことが伝わっていたらしい。

遠征から戻ってきてからは元気に過ごしていたので、気づかれることはないと思っていたけど、誰かが知らせたんだろう。

もしかしたら、気にかけてくれたリクさんが、マノンさんに問いただしたのかもしれないが。

「この宝石は、リクさんが選んでくれたんですか？」

「……他の連中に選ばせるわけにはいかないだろ」

「ふ〜ん、そうなんですね。わざわざ赤い宝石を選んでくれたんですね」

どこまで私の好みを把握してくれているのかはわからない。それでも、心を傍に置いておきたいという気持ちは伝わってくる。

リクさんと同じ瞳の赤い宝石がいつまでも見守ってくれると思って、このネックレスを大切にしよう。

そのお返しと言ってはなんだけど、私の心もリクさんの傍に置いてほしい。

「こちらは魔獣化が落ち着くように、ヒールライトの魔力を付与したお守りです。私一人では作れなかったので、ベリーちゃんにお手伝いしていただきました」

「なるほどな、納得した。どうりで先ほどはぎこちない動きをしていたわけだ」

「すみません。でも、本当にベリーちゃんも銀色のヒールライトを探していましたよ。あれは特別変異らしいので、もし見つかった時に確実に手に入るようにと、私に恩を売っておきたかったんだと思います」

「そういうことだったか……。やけに魔王が突っかかってくると思っていたんだが、ただのお節介だったか……」

妙にホッと安心するリクさんを見て、今回は私の方が優勢だと確信する。

本当にヤキモチを焼いてくれていたみたいだから。

「せっかくですので、こちらのネックレス、付けてもらってもいいですか？」

「ああ。それくらいなら構わないぞ」

何気ない表情で快諾してくれたリクさんは、私の首元に両手を伸ばし、少し前かがみになった。

こんな無防備な姿をさらけ出してくれるのは、妻だからだろうか。

リクさんにとっても、魔獣さんにとっても、もっと特別な存在になれたらいいのに。

そんな思いを胸に、私はリクさんを抱き締める。

「レーネ……？」

離れ離れになりたくはない。でも、もっと家族の絆《きずな》を深めて、強くなろうと思った。

「こうすると温かいですね」

「……そうだな」

リクさんが心配することなく、笑顔で帰ってこられる居場所を作るために。

GAノベル

家族に売られた薬草聖女のもふもふスローライフ 2

2024年3月31日　初版第一刷発行

著者　あろえ

発行者　小川 淳

発行所　SBクリエイティブ株式会社
〒105-0001　東京都港区虎ノ門 2-2-1

装丁　AFTERGLOW

印刷・製本　中央精版印刷株式会社

ISBN978-4-8156-2003-5
Printed in Japan

ファンレター、作品のご感想をお待ちしております。

〒105-0001　東京都港区虎ノ門 2-2-1
SBクリエイティブ株式会社
GA文庫編集部 気付

「あろえ先生」係
「ゆーにっと先生」係

本書に関するご意見・ご感想は
下のQRコードよりお寄せください。
※アクセスの際に発生する通信費等はご負担ください。

https://ga.sbcr.jp/

試読版は
こちら!

試読版は
こちら!

試読版は
こちら!

試読版は
こちら!